我不是中二
我只是青春

和朋友一起哭、一起笑、一起鬧的日子！

友情　愛情　青春

冒牌生／江佩諭／曾宇晨　　聯合演出
Joint performance

夢想 ✕ Dream

愛情 ✕ Love

熱血 ✕ Passion

*10*世代的問題，*20*世代來回答。

⚙ 冒牌生

今年對我們三個人來說都是很特別的一年，宇晨、佩諭是 19 歲，我 29 歲，分別都處於 10、20 世代都最後一年。之前，我在網路上看到他們的影片覺得很有趣，好自然又敢於自嘲（哈）而且人氣好高。

第一次見面那天，佩諭一直看著手機偷笑，講話的時候永遠笑嘻嘻的。她告訴我，當時正在網路上搜尋我的筆名「冒牌生」，沒想到，我在網路常常回答網友的問題都很溫柔，可是本人講話還滿直接又有點犀利，跟她的想像不太一樣。

宇晨則是有點靦腆卻又很有想法，對人氣沒有什麼眷戀，總覺得要腳踏實地。但依然相信自己擁有無限的可能。後來熟悉了，他們永遠有問不完的問題，比如說：告白失敗了怎麼辦？對朋友付出卻不領情怎麼辦？是不是長大了就交不到好朋友？夢想是什麼，以後該怎麼做？

這些問題都很有代表性，也是平常我被網友詢問最頻繁的問題。

回答完這些困惑以後，簡直就可以集結成冊了，也讓這本書誕生了。

⚙ 佩諭的 PS

　　我知道我不漂亮，沒想到偶爾隨手拍卻被很多人關注，很莫名也很幸運，身邊的男生朋友都像是我的哥哥，只是大家剛好覺得他們很男神，我一直希望大家看我的影片可以忘記不快樂，我就是我，喜歡小小花癡的跟朋友們嗆來嗆去，但至少我能讓身邊的朋友跟我相處的時候是自然、有趣、快樂，可以笑笑的。

　　這本書讓我有一個很棒的機會記錄友情也把自己拍得美一點。我的問題很多很雜很隨性，但能幫大家解惑，讓我們快點清空不快樂的情緒。因為我們都很幸福，有很多人照顧，也希望身邊那些對我好的你們，一直幸福快樂下去。

⚙ 宇晨的 PS

　　我的想法很單純，就是讀完大學到餐廳或飯店工作，沒什麼夢想，就連之前拍佩諭的搞笑影片也是覺得好玩而已，沒想到被愈來愈多的人認識，有一次在逛夜市的時候，還被攔下來拍照，我才發現生活有了改變。

　　其實，我很佩服江佩諭，她很認真，只要看到搞笑的橋段就會寫下來，後來認識冒牌生以後，我們總會有很多問不完的問題，大概是因為對未來有點害怕吧，希望有人能夠分享一點經驗，所以當我知道這本書要誕生的時候，真的很興奮，不只是幫我自己的疑難雜症解惑，更可以跟大家分享除了搞笑的另一面，希望你們會喜歡。

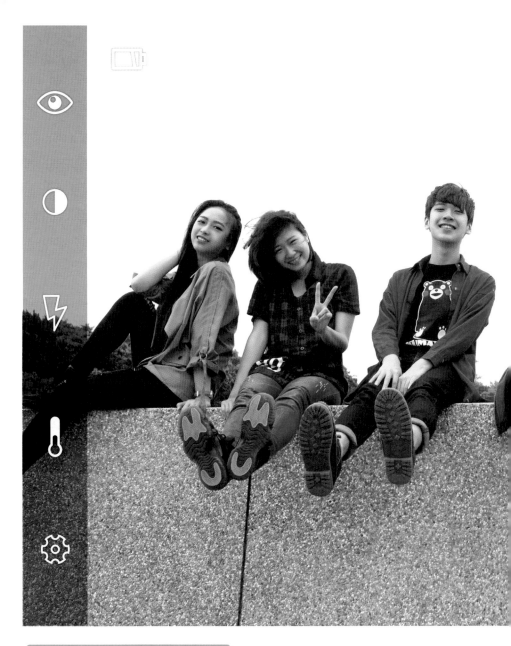

青春
×
Youth

方向

Direction

　　生活有許多的十字路口，十字路口都有指標，每個指標都指著一個方向，但站在十字路口的交點，該怎麼走總讓人捉摸不定。

　　很多人總說：「現在的位置不重要，重要的是前進的方向。」其實生活更像是一艘船，前進的方向固然重要，掌握自己所在的原點更是需要釐清的關鍵。

　　沒有原點，又該怎麼前進。不要擔心，現在的我們就算不曉得該朝著那個方向前進，但可以待在一個地方，保留一個位置，思考怎麼走，走多久；怎麼愛，愛多久。停留片刻以後，繞了一圈，原點自然會浮現，方向就會清晰可見。

軌跡

Track

　　所謂青春，就是我們會時不時做些脫軌的傻事，荒唐也好，可笑也罷，讓自己去體驗任何的可能。因為時間就像沙漏一樣，看似很多，卻總是不知不覺在指縫中溜走，如果不想留下遺憾的軌跡，就要勇敢的邁向未知的遠方。

　　也許你會害怕自己還沒看清楚這個世界，要怎麼前往未知的遠方？但其實也正是因為這分懵懂，才讓你可以用更率性的方式尋找未來。別怕，就算那些率性偶爾會讓人跌倒受傷，你也永遠無法知道什麼樣的事或什麼樣的人得以改變你的一生。但碰撞之間，你會發現自己走得比想像中的更遠更長。

起落

Up and Down

　　日出日落，時間總在督促我們前進，有時候看到烏雲不想面對，只想坐下來曬曬太陽、跟朋友分享喜怒哀樂、或者傾聽自己內心的聲音。你既然能夠找到難過的藉口，那就更應該為自己找到開心的理由。

　　生活處處都是風景，只看到烏雲忘卻藏在背後的藍天，當然不會快樂。人生就算充滿遺憾，用最燦爛的笑容去面對吧，因為你永遠不知道，誰會愛上你的微笑。只要你認真做了，做得比昨天好，就應該為自己加油打氣，鼓掌喝采。世界很大，唯有勇敢踏出第一步，距離就開始縮短。勇敢出發吧，用你的腳步走出屬於自己的美麗風景。

語錄 04

聚散
Say Goodbye

　　我們從小就在學習說再見，第一次驪歌響起、鳳凰花開的日子讓人措手不及，流下不捨的眼淚，那些眼淚每隔幾年就讓我們瞬間的長大。也許你開始發現了，聚散之間，很多東西就像指縫中的陽光，既美好又溫暖，卻又無法緊握。是的，人生就像一條長長的路，路上會遇見不同的人，有人陪你走了一輩子，也有人陪你走了一陣子，讓你學了一課。可是，無論是一輩子還是一陣子，在陪伴你的人要離去的日子，心中即便再多的不捨也是感激的。

　　我們終於學會了微笑揮手道別，真心的祝福每位用心愛過的朋友，未來可以得到最安然的眷顧；我們終於學會了把那些忘不了的美好回憶，靜靜的封存在心中最柔軟的位置，繼續努力的生活，迎接下次花開的日子。

包袱

Burden

　　長大以後，書包一年比一年重，笑容一天比一天少；真希望能夠回到童年那段無憂無慮的日子。畢竟，小時候跌倒受傷是膝蓋，長大以後難過無助的是心情，破碎的傷口會結痂，但破碎的心，沒那麼容易癒合。

　　面對世界的瞬息萬變，我們都以為長大就可以用一顆強悍無比的內心，面對接踵而來的一切挑戰。可是，好像不是那麼一回事——無形的包袱比想像中沉重，枝微末節的瑣碎太多，青春沒有想像中的瀟灑。既然知道是枝微末節就不要在意太多，做人純粹一點，做事就可以痛快一些，淨水可以止渴，細沙可以蓋屋，但把兩者混在一起毫無價值。有時候，必須逼自己一肩扛起，世界才會給你多一點，姿勢好不好看根本不重要，因為那些撐起來的天空都是你的；而當你願意拋開一些不重要的包袱，絕對會驚訝自己竟可以飛得那麼高，走得那麼遠。

轉換

Switch

　　我們總會被一些話傷害，感到難堪。可是如果你被一個人影響到情緒，不如試著把焦點放在轉換自己的情緒上面，而不是一直專注在影響你情緒的人。只有這樣，才能真正的自信起來。記得曾經分享過一句話：「討厭別人不如好好愛自己。」剛開始很難體會轉換的道理，後來慢慢明白，再多的安慰和指點也只能替自己做到一時的加油打氣，卻沒有辦法讓那顆飄泊疲憊的心找到一個駐足休息的地方。因為，有些路只能一個人走，有些事只能從自己的左邊肩膀換到右邊的肩膀，那個說服和鼓勵自己的，還是只有自己。

風景

Landscape

　　每個人來到世上的模式也是一樣，哭著來，笑著走；不過，看似簡單的人生，卻有著看不完的風景、走不完的路、碰不到的人、摸不到的夢，似乎總有遺憾。可是，你總忘了，正是因為這樣，讓那些走過的風景更值得我們好好珍惜。

　　生活就是因為我們的多愁善感而風情萬種。但請記得遺憾難免，如果真要有什麼事情可以稱之為沒有遺憾，那就是童年有著遊戲的歡笑，青春有著成長的印記，老年有著歷歷在目的難忘風景。現在的幸福生活，就是對曾經迷惘的你最好的交代。

小巷

Alley

　　我們都會有個時期走走停停，日復一日的生活讓人偶爾充滿希望，卻又時常滿是絕望，回頭的瞬間，發現自己單獨走進一條小巷，不知道這條路的盡頭是大道還是死路。而當你轉頭看看其他人的道路，似乎總有歡笑聲、歡呼聲；唯獨自己的路太過孤單。

　　可是，一個人走的時候，好好跟自己約會，每個人的日子都是晴時多雲偶陣雨，不要把別人的生活想得都是晴天。試著感謝那些孤獨的小巷子，包容了你的存在，你也因為那些困難的事情，從青澀中蛻變讓你成為最好的自己。何必羨慕別人的那條路呢，或許那並不適合你行走。

蒐集

Collection

　　有些記憶愈久愈濃，有些蒐集愈藏愈愛；直到你一夜長大，發覺一切不再那麼重要，你可能會很傷心，但再過一段時間，你會發現人生就是一種不斷的蒐集，蒐集新的回憶，蒐集新的劇情；如果太糾結逝去的人際關係，你會發現過去的人和事都在消耗你對未來的熱情。

　　如果可以，何必蒐集那些無止境都負面情緒，讓自己失望？準備好說一聲再見，把淚水鎖在當下，繼續蒐集讓你開心的記憶就好。那些不愉快的人事物，偶爾拿出來曬曬就好，告訴自己更瀟灑勇敢，正是那些逝去的陪伴，讓你發現接下來更溫暖的手。

印記

Scar

　　青春總會留下最深刻的印記，那些印記有些會痛得入骨，很難忘記。但沒有關係，因為不能忘記的時候，就好好的記得，不要強迫自己忘記。

　　青春是個過程，人生是一種累積，再難熬，不要妄自菲薄。一個只會負面思考的人什麼也學不到，那些印記都造就了接下來的模樣，如果真的沒有力氣了，回頭看看自己當初為何出發，看看家人和朋友的那抹微笑，他們的存在，永遠是你最堅強的後盾。

佩諭

之前有個網友跟我分享糗事，但他的結論是完蛋了，丟臉又尷尬，還被笑，我都不知道該怎麼安慰。

冒牌生

你自己呢？有發生過什麼糗事嗎？

佩諭

很多吧，尤其是臉書經營久了，之前上《康熙來了》小S姊姊虧不要再用「台灣泫雅」的外號，要我，全台灣都看到了，那真的很糗。

宇晨

放過泫雅吧！我記得好好笑。

冒牌生

是啊，那次真的印象深刻，但還好啦，只是節目效果。

佩諭

那真的很糗！不然你說說看發生過的糗事。

冒牌生

有一天晚上我在台北 Sogo 附近等朋友，有兩個香港女生一直盯著我看，從帽子打量到鞋子。我發現她們的目光以後，心想被認出來了，就更注意自己的形象，故意站得特別挺，一直假裝看遠方，過了大概三分鐘，她們走到我的身邊，問：「可以請你拍照嗎？」我早就準備好了，微笑答應，然後拿起她們的相機打算自拍。她們嚇了一跳，其中一個很尷尬的說：「我們的意思是可以請你幫我們拍照嗎……」

佩諭

哈哈哈哈，這也不叫糗事，這是很丟臉的事。

冒牌生

其實我也常被網友問類似的狀況，後來都直接丟你的影片給他們看。

佩諭

也對，如果真的要講，我跟宇晨的影片都爆糗的。

冒牌生

是啊，但你們的態度都很好。不會一直糾結。

佩諭

以前我也會在意，但後來拍了影片，慢慢學到只有你自己不在意，才不會被別人影響心情。

宇晨

我後來也覺得不用那麼在意，人生嘛，不就是偶
爾你笑笑別人，偶爾被別人笑一笑，煩惱沒有想
像中的難熬。

冒牌生

是啊，如果真的要每一件都煩惱，人生根本煩惱不完
的。不用太在意，是朋友的就要一起笑出來，大方的
笑一笑，就算一時會傷心難過，但以後還是要開心的
度過每一天。

儲存　｜　轉傳

💬 從 Messenger 送出

風擋

Windshield

　　如果一個人把心封閉起來,那麼再多的關心也進不來。也許你會說,曾經掏過心卻被傷害,於是不敢再敞開心扉。可是其實你知道的,你的內心依然渴望新的關心,只是你忘了對的朋友、新的關係都是要在未來尋找的,並不是沉浸在過往的傷心記憶,那樣,只會禁止新的關心進來,永遠停滯不前。

　　感情是相對的,想得到也必須要付出,就算是朋友關係,如果只是希望朋友出面替我們的心裡擋風,那麼也許一次兩次沒有問題,但日子久了彼此都會有壓力,我們更應該期許自己堅強起來,成為那個替別人擋風的朋友。

清醒

Awake

有一種理想的狀態是：清醒的時候作決定，迷惘的時候讀幾本書，生氣的時候睡一覺就好，傷心的時候哭一場就好，但理想的狀態只是一種期待，很難真的做到。其實，如果真的是那樣，人生也沒什麼意思。

真正的狀況比較像是生氣、討厭、埋怨無法退後，也無法往前走。如果想找到脫離那種狀態，回到清醒的自己，那麼就閉上眼睛專心感覺，好好體會那些難過、開心、清醒、迷惘。而現在也許看不清，但那些情緒在未來的某一天，總有一刻會成為你接下來繼續前進的養分。

難過

Sad

　　難過的時候會認為痛苦永遠不會消失，那時候的感覺就像不是不想做出改變，而是沒有力氣做改變。沒錯，痛苦是不會消失的，你只能學會承受，承受那種黑夜顫動的感覺，承受那種心跳會痛的感覺，那就是難過的感覺。

　　青春就是一種承受，明白人生是殘缺的，世界也是鬱悶的，那些都是無可改變，但可以改變的是保持你的樂觀。慢慢的，當你逐漸學會接受那種心痛的感覺，會開始學會看見幸福。因為快樂的人不是不會難過，而是他們學著不被難過影響那些僅存下來的，手中握住的幸福。

更好

Better

　　我們都想過放手向現實低頭，反正沒有什麼不同，感覺不到更好、更快樂的生活，人生似乎總是會有遺憾，快樂一直都在遠方；有時候感覺不到過去的熱誠，感覺不到未來的動力，只剩下不知道，不知道自己會不會得到心中想要的一切。

　　低頭吧，沒有關係，你給自己太多的壓力了。很多事情也許沒辦法解釋，但你要記得此刻自己的心事，把日子過成自己想要的樣子，就是更好的生活。不要忘記自己擁有幸福的權利。所有的東西，沒有所謂更好、最好。你認為值得就是更好的。

沉重

Heavy

　　青春很多時候是沉重。功課、考試的存在，讓你連一秒的太陽都沒有辦法享受；生活充滿沉重的耳語，在擁擠的人潮中聽不清自己內心真實的聲音，你從來沒有想過自己到底為何做這些事，好像只是因為全部人都這樣做，你就跟著做。

　　其實，我們都不應該迷失在別人的耳語中，你需要的不是別人的信念，而是思考自己為何付出。畢竟那些人不是你，不會替你扛起未來。當你做出選擇，就忠於自己的內心不要後悔，可是別忘了就算再清晰，遠方還是有很多看不見的地方；而你能做的，就是貫徹自己的信念和堅持追尋嚮往的樣子。

前進或後退
Backward and Forward

當你終於抵達原本以為到不了的地方，儘管可能跟一開始想像的樣子不太一樣，那時候也許你會懷疑到底是對還是錯？甚至回頭奔跑到一開始的起點，重新出發是否會更好？人生可以轉身，但沒必要後退，畢竟世界上絕大部分的事情沒有所謂的對或錯，也沒有人可以決定對或錯，只有你還想不想要罷了。

也許你曾因為某些事難受，難受很久，甚至懷疑自己做錯了；但一顆心擁有自己的脾氣，我們有自己的應對之道。只有自己想通，做你能做的，走你能走的，看清楚那些傷疤，它們的存在是在提醒你挺過來了。

透澈

Clear

　　心不是玻璃做成的，永遠不
會有透澈的一刻。當你覺得不夠
透澈，多半是因為太急，需要肯
定，需要知道自己正在做的事情
有意義；但當你明白心永遠不會
有透澈的一刻，才有能力學著不
要讓恐懼控制它。

　　真正的透澈是了解生活永遠
是考驗，相信奮鬥的理由，讓考
驗變得更有意義。我們需要的也
不是透澈，是替自己堅強的勇氣
和沉澱，喜歡自己正在做的事情，
投入自己正在做的事情，不用在
意別人的眼光。青春就是這樣，
難免患得患失，但總有一天選擇
相信自己的能力放手一搏，換一
個未來不要後悔。

幸福

Happiness

有些幸福，我們無法挽回，於是我們就會認為自己的幸福被沒收了，永遠陷入無話可說的窘況。但沒有人能沒收你的幸福和快樂。關鍵在於，當你決定面對的時候會怎麼做，會變成怎麼樣的人。

真正的幸福，不是看著別人有多快樂。人生一定有曲折，世界也充滿了邪惡、謊言、痛苦甚至死亡，對此你無可逃避，只能勇敢的面對。淚總是會飆的，不用對幸福太執著。因為幸福不是比較出來的，幸福是一種感覺，兩個人牽手的時候，吃到一顆糖的時候，看到遠方有彩虹的時候；當你覺得幸福的時候，你就是幸福的。

笑容

Smile

　　時間也許會奪走我們的青春，但它奪不走那些記憶，那些美好。還記得小時候隨便在生活中發現的小小點滴，就足以讓人開心一整天的時光嗎？你的微笑也一樣，把它當作臉上的太陽，用它來發光，溫暖自己與照亮別人陰暗的那一面吧。

　　就算長大以後，發現很多言不由衷的笑容，到後來愈來愈不知道該怎麼分辨真心和虛偽的微笑，甚至學會開始強迫自己對別人微笑。但你不一樣，準備好你的笑容，而不是你的掩飾，讓它發自內心，讓自己更勇敢，你會發現世界沒有想像中複雜，總會有一個人對你抹起最真摯的微笑。

自信

Confidence

　　對自己好一點，體會鬆開疲憊的感覺，因為再堅強的人，心裡都一定有那麼一些弱點，一碰就痛，一碰就碎。其實自信不是與生俱來的，你不用太過強調自己的缺點，忽略了自己的優點。這世界沒有什麼信手拈來，有的只是一次又一次的練習與經驗。自信也一樣，感覺自己的用心和專心，看看已經邁出的步伐，得到的力量一定比失去的來得多。

　　或許你會問，為何找不到愛你的朋友或者幾顆體貼的心？有了他們，你會更有自信。其實，大多心情的煩惱必須自己清空，別人的關心才能進來。所以你必須先原諒生活對你所有的刁難，用坦然的態度面對一切挑戰，也正因為你的自信才可以用更好的樣貌，迎接那些朋友的出現。

宇晨

你們有在網路上被批評過嗎？

佩諭

我之前在網路搜尋自己的名字，結果還滿多批評⋯⋯有些不認識的人會說，低級、不像以前那麼好笑，讓我很受傷。

冒牌生

會啊，之前我也被罵過。而且我處理的不好，到現在搜尋我的名字，還是會看到不好的消息。怎麼了？為什麼突然問這個？

宇晨

我有時候會查自己的名字，看看別人怎麼討論我，結果有點失望，都是不好的，一大堆批評，都是我憑什麼，看了以後心情很差。

佩諭

那我們該怎麼辦！很多批評根本就不是真的，又不可能一個個去跟網友說明⋯⋯

冒牌生

之前我有遇過，一開始選擇不回應，希望以和為貴。後來鬧到上新聞，我很在意，在意到自己那陣子每天都去搜尋攻擊我的人到底是誰。

佩諭

我也會，可是有些人我找不到，有些人我根本不認識。

宇晨

對。很多人會躲在螢幕後面突然跑出來罵一句然後消失，根本找不到對象。

冒牌生

其實當你知道很多人的情緒是遷怒大過於事實的時候，怎麼做怎麼錯，沉默被當作心虛，反擊被抨擊硬拗，也只能告訴自己調適心情不要介意。

佩諭

我後來都跟自己說，沒關係，不要讓討厭的情緒在心裡面發酵，直接用正面的舉動，讓大家明白你不是這樣的人。然後跟好朋友聊天討論，把這些討厭的聲音消化成正面的力量。

冒牌生

沒錯，而且當你看到那些批評的時候，不要只看到批評，要記得那些背後的支持。

宇晨

很難耶，你就會一直去看那些留言，尤其只會看到那些討厭的話。

冒牌生

佩諭，記得經營自己的臉書到現在，你的網友有做過什麼讓你感動的事情嗎？

佩諭

嗯嗯，有一次我心情不好，在 IG 放了一張 LINE 的莎莉娃娃照片，然後寫了一句話，每次心情不好看到莎莉就會很開心。

宇晨

就是那隻很多人以為是小雞，其實是鴨子的莎莉？

佩諭

對，可是我這個人不會讓自己不開心很久，我都忘了自己不開心了，沒想到有一次見面的活動，有個女生送莎莉的小毯子給我，我超感動的！

宇晨

哈哈，我記得那次的事情，妳還問人家怎麼會知道妳喜歡莎莉。

冒牌生

可是感動的點是佩諭只不過在 IG 隨口一提，卻被喜歡
她的人記得。

宇晨

那你呢？有遇過什麼感人的事情嗎？

冒牌生

有一次我被罵慘了，甚至連電視台的主播都在電視上
說，冒牌生果然是冒牌的，曾經有出版社的編輯對我
說，你的書就是廢紙，網友說你的貼文都是廢文。那
時候有個朋友買了 20 本書，要我一本的簽名，她要
拿去送給朋友，而且我還記得她在我簽名的時候，一
直告訴我，你的書不是廢紙，你自己最清楚。

佩諭

我都要哭了！

冒牌生

後來才真的明白，我們不用去討好世界上的所有人，
對得起自己，還有那些愛你的人，就已經足夠了。

宇晨

這個感悟好像不只適用網路的批評，現實生活也
一樣。

冒牌生

對啊，所以這句話我也拿來提醒你，待人處事，不求一切盡如人意，但求一切無愧於心。當你被批評，覺得傷心難過時，想想周遭愛你的人，不要把心一直放在討厭你的人身上。

佩諭

好啦好啦，宇晨不要難過了，就算有人批評你，說你不帥，但在我的心中你是最帥的！冒牌生，你是朋友的話，就要一起笑出來！

宇晨

＠＃＄％！

冒牌生

這就是朋友吧，在你最失意的時候，總有辦法逗你開心。

💬 從 Messenger 送出

競爭

Competition

　　青春難免有很多的比較，從裡到外，無論是成績、未來、朋友、個性，各式各樣的競爭會讓心情無所適從，你會發現好像沒有人懂，世界只剩下你贏或者他輸的關係。其實，不只是這樣，地球很大，太陽很熱，足以提供給每一個人溫暖，只是你太忙著比較，忽略那分沉澱的時刻。

　　人生沒有輸贏，只有自己的體悟和得到。等到有一天，你會忽然察覺到最可怕的競爭不是別人，而是時間還有各式各樣因為競爭而產生的難堪和失望。慢慢的你也會發現生活難免會交錯著，所有的比較漸漸會過去，剩下的是失望、難堪之外的感覺，才是競爭之後最微妙的可貴。

妒忌

Jealous

　　小時候的顏色我們都記得，有些愉快記憶深刻，但也有些不愉快的存在。那些不愉快，有些是別人做得比你好，你在生自己的氣，又或者是本來以為得到的，最後卻被別人得到。但那些妒忌沒有什麼太大好處。當你把對的錯的、好的壞的作出選擇，就不用指責自己的過去。

　　不要因為時間感到沮喪，感受自己心中的溫柔，錯過以後你會更懂得珍惜，不用為別人的眼光停留，因為未來是你的權利，即使轉折比想像中坎坷，沒必要把自己捆綁著；有些傷不用遮，只需要看清，然後不再介意。喜歡現在的自己，未來有著美好的憧憬才是最重要的。

曲折

Tortuous

　　每個人在不同的階段會遇到不同的曲折，當然在你的朋友難過、傷心的時候，你絕對也會比他著急、擔心。可是有些曲折不是別人插手就能解開的，必須自己去體會才能成長，未來才不會愈陷愈深，到最後讓他和他身邊的人都找不到方向。

　　所以如果你們的心還熱著，試著不要把他的曲折攬到自己身上，這樣對你和他都是一種剝奪，試著和她約好將來想做的計畫，而不是看著他沉溺過去，你也跟著傷心。共患難是好的出發點，但別忘了好朋友之所以天長地久，不只是有著共同可以回憶的過去，更有接下來彼此陪伴的未來。

選擇

Choice

　　機會只有一次，青春無法回去，很多選擇因為太珍惜才會猶豫，但不要介意別人怎麼說，慢慢會懂，你曾經為別人快樂，曾經為別人挫折；可是無論再依賴、害怕，最終的日子還是要自己負責。就這樣吧，其實你很好，別想太多，是時候放心出發了。

　　收拾往事，傾聽那些建議，最後做出自己的選擇和決定，再用盡全力的付出，對得起自己的苦心和未來，那才是你該煩惱的。而你都走了那麼久，一定很清楚接下來一定會遇到挫折和考驗，那就更不應該忘記，困難是為了成就未來更勇敢的自己。

失去

Lost

　　失去不見得是壞事，最可怕的也不是得到以後再失去，而是你因為失去不再相信自己的勇敢和潛力。我們都害怕失去，失去朋友，失去青春，失去自己。而青春是一種懂得替自己裝滿行囊，也要替自己清空包袱的過程。

　　有些得到並不適合，那麼就應該記得不要一直往心裡塞東西，在一步步走的時候，要記得一點點扔，這樣走出來的是路，扔掉的是包袱，路會愈走愈長，心才愈走愈靜。正是因為付出過，青春才有價值，即便有一天滿身傷痕、兩手空空，也要為自己懂得付出而驕傲。透澈以後，心就會是平靜的，就算失去，也會活得有笑容。

獲得

Gain

　　透過生活，學會接受失去、感謝得到。因為它就是這麼奇妙，就算握緊也還是會失去，有了所有還是不夠。那些得到不是從天而降，而是代表你的努力，讓你走過動搖以後，享受的風平浪靜。也許得到不一定長久，那麼，失去以後未來還是可以再度擁有，學會平常心以對，用「得到」幫你認識更多朋友，讓「失去」幫你認清誰才是你的真正朋友。

　　最後看看自己獲得的東西吧，少花一點時間及心思在自己失去的東西。因為真正重要的，不是世界給了你什麼，也不是你失去了什麼，而是你要用你剩下的去做些什麼。

困難

Difficulty

　　每個年紀都有不同的煩惱，不用企圖假裝看不見，這些困難都是世界替你量身打造的，只有面對、經歷，以後才能回味。而當你有感覺，就勇敢一些些，你會發現問題沒有想像中的困難，因為最困難的不是問題，而是面對問題。

　　也許你曾跟我一樣，遇到挑戰曾經彷徨，不曉得未來何時會到。未來真的很遙遠，但比未來更遙遠的是昨天，因為昨天再也回不來。請試著告訴自己，有夢不夠，必須踏出勇敢第一步，途中即便歷經挫折，也要爬起來繼續走下去。困難也許會抹滅你一陣子的熱情，但不要讓它抹殺你一輩子的夢想。唯有堅持，才能讓你的生活有機會在不知不覺間變化，變成你想要的那個樣子。

語錄 28

啟程

A Journey

　　不用懷疑你自己的真心，握著你想要的那個夢想，記得那些讓你憤怒的人，他們都是提供動力給你的人。憤怒不是最可怕的，最可怕的是感受到憤怒也無動於衷。如果你的心已經制定目標，那麼在達到目標以前痛苦、犧牲、甚至憤怒都在所難免，因為達到以後，那種自我實現的滿足感是什麼都無法取代的。不要被狀態影響心態，那樣只會迷失。

　　如果你因為種種理由，憤怒、沮喪、失望……想放棄時，請問問自己：究竟為了什麼，堅持走到這裡？為自己心中那個曾經不可撼動的目標，全力以赴吧。因為對於無能為力的現實，與其怨天尤人，不如做一件自己能力所及、並且能做到最好的事。用你的心態去影響狀態，才能忽略憤怒，通往心之所向。

語錄 29

明白

Realize

　　很多時候，我們不再清楚自己想要的是什麼，可是那時候通常都是你對自己的現況有著過高的期待，認清現實，它也許給了你想要的，只是不是你想要的樣子。有些事情「做」了才知道，也有些事「錯」了才知道，但最怕有些事「錯」了還是不知道。

　　當你花了很大的勇氣追尋自己的夢想，在過程中遺忘了初衷；這時候需要的是一點點外在刺激來提醒自己不要忘記。你要明白自己很好，只是你自己沒有發現。當你希望自己過的更好的時候，那就代表你對生活並沒有麻木，那就揮揮手讓自己短暫停留，休息一下再走。

未來

Future

　　如果你知道過去回不去，那麼就更應該清楚未來取決於你現在的決定。不要害怕踏出步伐，就算有時候繞了一圈又回到了原點，可是沒有走過，又怎麼知道原點在哪裡。

　　勇敢踏出去，才能領略世界的美好風景。

　　所有的可能，取決於你的一念之間。再次起步的時候，你就會發現未來不只是規畫出來的，更是一步步走出來的。未來，不會沒有壓力，但承受壓力的你會明白這就是夢想的重量，當你感受到它的分量，就代表夢想離你愈來愈近。試著把阻礙你的這塊巨石，當作一塊墊腳石，踏著它，你會更有力量。

友情
×
Friendship

對話時間
朋友吵架被當作夾心餅乾怎麼辦？

對話時間
對朋友付出他們卻不領情怎麼辦？

瘋狂

Madness

　　有一種瘋狂的朋友，讓你在做蠢事的時候毫不寂寞，你們有兩個人才懂的笑話，也有彼此都了的哭點，他熟知你所有糗事，平常互相調侃時，比任何人都還笑得大聲。可是，當你受到委屈的時候，又比任何人都還替你著急。

　　有一種瘋狂的朋友，就算認識的時間不見得很長，感情卻能維持一輩子。他除了你的笑容更看得懂你的眼淚和沉默，在你故作堅強的時候會要你別再逞強，陪你歷經風雨，是最可靠的存在。而你直到很久以後，才會發現他當時的可靠不是因為他比你強，只是因為你是他不能拋下的知己。

在乎
Care

所謂知己就是，當他分享最開心的事情，你由衷的替他高興，當他傾訴最傷心的事情，你哭得比他還大聲；不為什麼，只因為你們是最最在乎彼此的知己。

長大以後，交一個這樣的知己不容易。你在他面前最真誠，優點缺點都不會掩飾，忠實呈現最自然的狀態，情誼多濃，不言而喻。

就像那句話說的：「這世界上最奢侈的，就是有個人肯花時間陪你。」因為每個人的時間都有價值，他把時間分給了你，就等於把自己的世界分給了你；所以如果你遇到一個肯把世界分給你的人，請記得好好珍惜這分情誼，大力擁抱，成為彼此的支柱。

真心

An Honest Friend

　　真心的朋友，不怕相見恨晚，因為相見恨晚後會讓彼此更珍惜接下來的所有回憶；他不會只關注你走得有多遠，而是關心你走得累不累；當你的臉上消失笑容的時候，會毫不吝嗇的給你微笑。

　　真心的朋友，不會因為距離改變，也不會因為相處時間變短消散，反而會像一瓶好酒，愈陳愈香；就算不一定每天能見面，但你清楚知道，他們一直都在。

　　真心的朋友，懂得你所有的欲言又止，那些和你之間微不足道的小事，最終都會變成溫暖回憶和珍貴片段。

　　這條人生的路上，真心朋友可遇不可求，如果幸運遇上一、兩個那就足夠。

包容

Understanding

　　人不可能天生完美，也正是因為每個人的不完美才能幫助你看清，誰才是適合深交的朋友。有些傻話只有對知己才能說，有些蠢事只有對密友才會做；還有些交情是吵出來的，只要你不翻舊帳，不計較誰付出的比較多，願意給彼此一點包容和體貼，吵吵鬧鬧也是一種溝通。

　　所謂朋友，就是會站在對方的立場替他著想的人；所謂朋友，不是不吵架而是吵架以後會願意包容的人。

　　吵過以後昇華的友情，會讓你需要幫助的時候麻煩他也沒有關係。也許他會邊罵邊幫你擦眼淚，順便再笑笑你的紅眼睛……可是你們的彆扭不會持續太久，誰教那陣子你累積了太多八卦想和他好好分享。

錯過
Missed

時間不等人，有些事必須當下去做，因為五十歲撐不起十五歲的瘋狂，六十歲找不回十六歲的點滴，七十歲圓不了十七歲的遺憾……不管是一個人還是一段精采都不容蹉跎。

也許你曾經受過傷，不再願意掏心掏肺，深怕被別人當驢肝肺；可是有些期許需要不斷給自己，比如說：相信自己，相信感情，相信善良的存在；要開朗、堅韌、溫暖的活著，總會有那麼一個人，走到你的身旁。

人總是擦肩而過，朋友之間來來去去，緣起緣滅，卻也正是那些錯過讓我們懂得幸福的可貴。那些錯過的人，就把他們刻在記憶裡吧，也許慢慢的你會忘了對方的聲音，忘了對方的笑容，忘了對方的臉，但是每當想起對方時的那種溫暖，是永遠都不會改變。

傻瓜

Silly

　　傻瓜通常最懂愛，因為他們不會去算計，只會奮不顧身去關心，而我們身旁總有幾個傻瓜，是最最貼心的知己。因為真正的朋友，寧可靠近一點點關心你的好或不好，也不會太去計較得到或失去。那些傻瓜有些衝動和傻勁，但他們不是真的笨，只是因為認定了朋友，那麼真心、溫暖都會一起分享。就算彼此的個性不一樣，卻選擇呵護你的情緒，放下自己。即便個性天差地別，也選擇化解，因為他們無法想像沒有朋友的日子。世界存在著太多會消散不見的美麗，所以當遇到真心願意給你力氣的人，記得好好的珍惜那分感情。

意見
Opinion

　　也許你曾經選擇在看不慣的時候不表達，而是默默把情緒累積到某種程度，最後就不再理會這個人。可是久而久之會發現似乎沒有辦法有長久的感情，那麼我們該學著勇敢一點，表達自己的感覺。因為真正的朋友不是一直都意見相同，而是在意見不同的時候，還能夠繼續往前。

　　不同的意見是很正常的事情，你喜歡的他不見得喜歡，他認同的不見得是你認同的，所以你不用太過去想為何彼此想法不一樣，為什麼不是那種心有靈犀；真正重要的，是把不同的意見當作溝通，再把感動一個個的實現。

中間

In Between……

　　你是不是曾經懷念過去的無話不說，可是幾個人的友情卻沒有辦法回到像以前了？他們似乎都不著急，都不把感情當作一回事，只有你希望回到像以前？其實緣分是一種註定，投緣是一種選擇。當他們沒有選擇把問題解決，那麼你也不需要把自己陷入中間兩面不討好的局面。不卑不亢，保持你的誠懇待人就好。

　　友情有時候是沉重的，你不用總在懷念過去，不要急著傳話，急著兩邊都討好，那樣最後受傷最深的，反而是選擇站在中間的你。試著替自己找到新的未來，說開以後回不去了，那麼你至少也明白問題在哪裡，未來面對新的朋友，就可以避免陷入這樣的僵局，也不是一件壞事。

誤會

Misunderstand

有很多誤會充滿我們的生活。但最嚴重的誤會是你走不出來誤會自己的局面。回憶太多，當下你聽不進去，總覺得為何別人沒有在你難過的時候，陪在身邊。回憶太多，想享受自由又感到寂寞，以為自己足夠堅強卻還是懦弱，似乎找不到解脫。

其實，有時化解誤會最好的辦法是，停止把所有的事情認為是自己的錯。那些傷痕是在告訴你現在的你已經認識自己，更值得去面對複雜的人際關係。是時候勇敢的敞開心扉，換自己一個新生，遇見那些新的朋友，不要辜負自己的青春了。也許這次可以主動一點，當別人寂寞的時候，陪在他的身邊那也是一種不錯的結果。

領悟

Sense

　　領悟需要時間，領悟不完美的美，領悟自己需要起飛了，是可以擁有一切的，不管是朋友，還是未來。記得那些領悟不是一件容易的事，但要勇敢邁出去才能遇見新的朋友新的事物。

　　長大以後慢慢才發現，生活的軌跡會讓你難免脫離一些朋友，交際圈變小，以前那種大團體一起出遊的團康活動光景不復存在，時間變得有限，切割給工作、家庭、生活，經過相遇和掙扎慢慢領悟到，朋友不是愈多愈好，而是平衡就好。或許生命終將錯過一些人，你很想他，卻也正是這分想念，才讓我們領悟如今擁有的幸福有多麼可貴。

佩諭

我很不喜歡朋友吵架，尤其是吵架以後要選邊站的時候，最討厭了。

宇晨

對啊，有一次兩個朋友吵架，那時候好著急怕兩個都失去，好想調停，希望他們不要再彼此誤會，到底該怎麼辦？

冒牌生

其實，如果真的把兩個人都當好朋友，就不應該去調停。

佩諭

為什麼？那樣到時候他們沒有辦法和好怎麼辦？

冒牌生

沒辦法，因為每個人都有自己在意的事情，要不要和好的選擇在他們身上，不是我們要他們和好，他們就會和好。

佩諭

真的嗎？宇晨，你之前遇到類似的狀況，你怎麼做？

宇晨

之前看過有其他的朋友因為傳話，到最後反而自己裡外不是人。所以後來我自己遇到類似的狀況都不敢介入太多。

佩諭

那到底該怎麼辦？

宇晨

後來，我跟我自己說，要他們跟我抱怨才給建議，兩邊都不主動參與或干涉。

冒牌生

就好像調解委員會，要有人申請才會去處理的道理，不會自己主動去找碴。

宇晨

對對對，就是那個意思。

冒牌生

這樣做很好，真正的朋友，要做的是等待風雨過去，在風雨過去之前，撐好傘「安靜」的陪伴就好。而安靜不是要你沉默，而是讓你學會傾聽。

宇晨

真的……我後來也學會不要隨便對吵架的朋友
發表意見。他們會和好就會和好，不會和好也只
能說緣分到了，不能強求什麼。

冒牌生

是啊，畢竟朋友吵架，要不要和好的決定權不在你身
上，是在他們身上。

儲存　|　轉傳

💬 從 Messenger 送出

不哭

Don't Cry

　　傷心的時候可以哭，但不要哭太久。睜開眼打開窗，才會發現光芒。你很清楚在某個瞬間，某個時刻，某個朋友會溫暖你的心房，只是你在那時候不願發現，放任著自己被傷害，忽略其他的力量和關懷。

　　是啊，天空偶爾會灰灰的，但當傷口癒合的時候不要推開希望。堅強的是你，感受那些溫柔和脆弱吧。有朋友陪著你度過，是時候好好的看著傷口站起來，就算面對曾經的失望，感到痛那又怎樣，收拾心中的那些糟糕，不用害怕，那些真正的朋友，散發出來的溫暖光芒就在你的身旁。在他們身上，你會找到翅膀再度邁向自己的渴望。

重逢

See You Again

很多時候,我們會懷疑,真正的朋友是不是真的不需要太多的話語?是不是多年以後看不清前方的路了感情依然一如往昔?重逢的時候是否會給彼此來個熱情擁抱,哭得一把鼻涕一把眼淚。其實,真實的狀況很多時候是看著世界變換,我們很有可能無法跟分開的朋友重逢。

離別的時候,你會傷心也會擔心故事會不會只有寫到一半,但不要忘記那些年的回憶都活在我們的心中。我也始終相信,分開是為了再次的重逢。或許有好一陣子沒有聯絡,但陪伴著成長,重逢不見得是最重要的事情了,那些珍藏的回憶才是最有價值的。

殘缺
Break

　　真正的友誼不是玻璃做的，不要怕殘缺，摔破了兩難全，因為就是重視和在乎才會吵架。有時候不要怕爭執，那是一種溝通，好友之間，不要用「算了」、「不說了」拒絕溝通，不然久而久之對你們的友情也是一種傷害。那些刻意的迴避，反而讓彼此都不愉快。

　　吵架反而是一種更認識彼此的方式，也會懂得向彼此微笑和和解，把感情變得深厚。如果是真正的朋友，和解沒有想像中難，有時候需要的是你主動的勇氣，一句話、一個微笑、一張卡片、一個擁抱就足以化解僵局。而你最需要的，是對彼此的感情多一點信心。如果吵過架就沒有友情了，那麼那分感情也沒什麼好珍惜的。

苦惱
Trouble

　　當友情變成一種苦惱的時候，多半是因為你把它看得太重了，害怕孤單寂寞，把生活所有重心都寄託在別人的關心上面，反而患得患失，失去自己的樣子。其實不用太過憂慮，讓心跟心真誠的相待，那些一廂情願的討好，得到的友情也不會太過長久。

　　其實，慢慢的你會發現漸行漸遠是一件令人遺憾的事，但真的不是所有人都能成為你的朋友，如果你真的在乎這段感情，那麼就應該給彼此一定的時間和空間，尊重他的決定。無論他選擇繼續還是結束，那些曾經陪伴你走過一段難忘旅程的人，都是你的朋友。

告別

Farewell

　　友情有時候就像火車，上面坐滿許多人卻沉默不語，有些人會陪你走過一站、有些人會陪你抵達終點，但你永遠不知道他們選擇下車的時間地點。然而，真正的友情是當人已經一去不復返了，感覺和認同依然在，因為一個人如果真的在你的心裡面，那麼你不會在乎他是否在你的身邊。

　　一句朋友只是一陣子，一句老朋友才是一輩子。告別的時候，難免有些沮喪，但人生一路上不免聚散離合，無須強求，真正重要的是珍惜每一次的相遇和相聚。所以見面的時候記得，不要再低頭滑手機了。

語錄 16

念舊
Reminiscence

你是不是一個念舊的人？舊的毛衣、皺掉的筆記本、很久以前的照片……因為感情所以不願丟棄。如果對東西是這樣，那麼對人更是。長大以後，有多久沒有聯繫以前的朋友？老朋友這三個字，最大的價值在於讓你知道自己從來不是一個人。

你的朋友也許寬宏大量，但老朋友之間，最怕把不聞不問當作理所當然。真正的友情需要經營，要懂得互相尊重。從相處的小細節開始注意吧，主動關心那位你在心中留了位置，卻很少聯絡的那個人，不要等到驀然回首身旁空無一人時，才感嘆當初沒有好好珍惜那些難得的友情。

耳語
Murmur

　　人生的路很長，嘴巴很多，一路上你會聽到很多耳語，說你的好，談你的壞，那些耳語有時候很痛心，尤其在你的朋友寧願相信別人口中的你，卻不願相信跟他真真切切相處過的你的時候。可是，當你管不住所有的嘴巴時，就試著讓那些耳語、流言當作濾網，過濾真正在乎你的人，因為真正的朋友應該是，當謊言蒙蔽了所有人的眼睛，但他能看穿你埋藏的痛楚和內心的真實。他會給你一個微笑和肯定，或許對他來說微不足道，對你卻意義非凡。

　　如果你曾經經歷過那些傷害，未來也要試著讓自己成為一個真正的朋友，當能夠用自己的心去感覺一個人的時候，就不要透過別人的嘴巴和眼睛。

迷路
Get Lost

人與人之間產生的問題常常會讓人迷路。其實很多問題不是人際關係，而是他的提醒你沒有做到，才導致心情不好。很多時候，是你無法解決本身出的問題，才覺得朋友沒有聆聽，心煩氣躁，很多時候，友誼迷路恰恰只是證明了，你尚未解決根本的問題。

試想，如果另一個朋友也不肯聽你訴苦，是否依然還是會感到不快樂？友情不是交換來的，鼓起勇氣面對真正的問題，發現自己未完成的功課，把它好好完成，而不是處理衍生而來的人際關係，才是問題真正的解決之道。

看清
To See

　　曾經聽過一句話:「日子久了,食物會發霉,衣服會褪色,鞋子會磨平,鐵會生鏽,花會凋零,臉會長滿皺紋,頭髮會蒼白,人會逐漸老去。我們常說時間是治癒心傷的良藥,但時間不過是把你曾經在乎到要死的事,變成無所謂的小事。」

　　也許人在適當的時候,要懂得看清,別將過去抱得太緊。生活中的苦難,讓我們學會了承受;不要讓過去成為現在的包袱,輕裝上陣才能走得更遠。遇到最黑的暗,找個朋友聊聊吧,接下來你會收穫最光的亮。生命難免有些無可奈何,但絕不是毫無選擇。就好像,你或許無法決定誰進入你的人生。可是,你可以決定和誰一起並肩而行。時間會讓你看清一個人的。

新鮮

Fresh

　　朋友之間剛開始你會只看到好的，但真正的朋友是看穿彼此、沒有新鮮感了以後還願意接納那些好的壞的。時間在變，人也在變。有些事，不管我們如何努力，回不去就是回不去了。它很殘忍，從來不會為誰停留。所以不管你肯或不肯，我們都必須學會珍惜眼前人。

　　有些朋友值得刻在記憶裡的，即使忘了對方的聲音，忘了對方的笑容，忘了對方的臉，但是每當想起對方時的那種感受，是永遠都不會改變的。會有那麼一天，會有那麼一個人，在你最傷心的時候，為你撐起一片天。所以永遠不要因為新鮮感，扔掉一直陪伴你的人。

佩諭

前陣子，我的朋友說了一句很傷心的話。我明明對他付出很多，卻不被當一回事。甚至他說，「我又沒教你對我好」我的心都碎了。

冒牌生

如果你的付出 別人不當一回事，甚至覺得我又沒教你對我好，那麼就要給自己留點尊嚴，不是委曲求全。

佩諭

可是我很喜歡他，我希望我對他好，他也對我好。

宇晨

我之前也有遇過一次，想跟一個女生當朋友，可是對方卻不領情，我做了好多，甚至透過共同的朋友去關心都沒有用。

佩諭

宇晨你可以來關心我，我會接受的。

宇晨

……

冒牌生

感情是兩個人的事情，你很難要求你對他付出了，他一定也要還你什麼。

宇晨

可是，我們是不是要一直堅持下去，直到他感動了為止？就好像海賊王裡面，魯夫和艾斯認識，他也是熱臉貼艾斯的冷屁股，直到後來感動艾斯，才結為生死之交。

冒牌生

我覺得，這個例子不是在告訴你應該繼續死腦筋的討好，也不是告訴你感情一定會精誠所至，金石為開；而是告訴你，人與人之間的感情就是這樣，只要付出的那人當時認為值得就夠了，沒有為什麼，也不會考慮是否該繼續。

佩諭

那該怎麼辦？付出了一顆真心，別人卻不領情怎麼辦？

冒牌生

你也只能做好自己該做的，不能替別人決定他的反應。

宇晨

其餘的，只能就交給緣分吧，有點感傷。

冒牌生

是啊，畢竟你不是魯夫，他不是艾斯， 而且就算你想成為魯夫那樣願意付出的人，他也不見得會想成為像艾斯那樣為朋友擋死的人。

佩諭

那麼付出到底應該到什麼樣的程度？

冒牌生

你覺得值得的程度就夠了。

宇晨

有點難懂⋯⋯

冒牌生

其實當你開始考慮還要不要繼續付出，別人為何不把你當一回事的時候，那多半是你已經開始覺得不太值得了。既然自己覺得不值得 心就該用在更值得的人身上。

宇晨

像是誰呢？

佩諭

我懂了！像我，你的家人，或者你的老朋友。畢竟，我們從高中認識到大學，這麼久，我對你付

出那麼多你卻沒有感動過（假哭）。

宇晨

牌生的意思應該是，不是浪費心力在一個挑戰你
的底線，讓你不愉快的人身上。

冒牌生

是，因為人與人之間的付出不是亂給的，既然一個人
不想要，那麼你絕對還有更多相知相惜，在你的身邊
默默陪伴的朋友，值得你的付出。

儲存　｜　轉傳

 從 Messenger 送出

體會

Experience

相處久了，你對朋友的關係會有自己的體會。什麼是朋友？就是一個你什麼時候都可以對他說，你在幹嘛？我有點悶，出來陪我走走吧的那個人。就是那個讓你明白很多時候有說不完的話，但不說話的時候也不會尷尬的人。你們在彼此面前都能呈現最自然一面的人。

真正的朋友，會讓你知道就算沒有血緣關係，卻比很多親人都還熟悉。也許你們不常在一起，但相聚的時候卻一如往昔。那陣子分別經歷各自的人生，但再重逢的時候，依然默契。因為你們分別在不同的生活環境，變成了更好的人，而且是同一種類型的人。成長成為了朋友的一種默契。

以後

Ever After

　　長大以後不是沒有真心的朋友,而是你認清了誰才是值得花時間相處的朋友。小時候我會假裝迎合朋友的想法,做他想做的事情,就算那些事不是我想做的也沒有關係。以後慢慢的明白,時間太少,每個人都是獨一無二的,不需要勉強自己,投入那種毫無意義的閒聊,而是珍惜每個愉快充實的相聚。

　　長大以後,不是獨來獨往,而是找到一個願意一起探索更大世界的朋友,那麼獨來獨往就會變成熱情仗義。畢竟每個人都只有一生,不用怪他為何沒有把愛給你,因為學會適當拒絕以後,你才能有更多的時間給你自己,和你真正在意的人。

笑與淚

Laughter and Tears

　　有時候，真正的朋友會在意
對方的眼淚更勝過笑容，因為微
笑不全然代表一個人很快樂，有
時候只是代表故作堅強。那些天
天在笑的人，一旦有些心事走不
出來，比誰都還難以發現。他們
需要多一點的疼愛和關懷，知道
自己不是一個人。

　　用你的笑容感染需要幫助的
朋友，而不是一直問是否自己真
心笑容，別人就應該欣然接受，
因為無論是笑容還是付出，如果
對方不接受，非要勉強彼此，那
都是一種負擔。你問心無愧，他
不懂珍惜，那麼也只能笑笑的告
訴自己，沒有關係。

不同

Different

　　好朋友間，所謂的瞭解就是知道對方的痛點在哪裡，而善解人意的你不再去觸碰。每個人的環境都不一樣，勢必有些不同，那些不同造就了相遇的火花，就好像鋼琴的黑白鍵，組合在一起才有美麗的樂章。

　　你也不用害怕自己為何不一樣，因為每個朋友的交集都不同，趣味不同，回憶也不同，不必要求每個人都用同等的方式對待你，因為不同，更值得品味彼此的趣味。

擁有
Keeping

　　真正的友情需要經營，要懂得互相尊重。想要擁有友情，剛開始勢必注意那些相處的小細節。不要總在見面時滑手機、不要總覺得遲到五分鐘沒關係、不要總認為朋友就該包容你的一切、不要總等著對方主動關心你的小宇宙、不要總用主觀的意識去評價朋友的作為、不要總在聚會時顧著說自己的事情忘了傾聽。

　　有時候，當你感到不安不是沒有朋友關心，而是你在乎的那個人沒有關心。但就算擁有朋友，也必須放掉心中的執著，才能感受到來自各方的關心和那些真摯的感情。不安終會過去，當你提醒自己要邁進的時候；請順便提醒自己不要害怕跨出的步伐太過渺小。慢慢走沒有關係，有前進才是最重要的。先擁有肯定自己的心，才能遇到願意肯定你的朋友。

孤單

Loneliness

　　曾經以為，傷心是會流很多眼淚，沒想到真正的傷心是痛到哭不出來。我們難免感到孤單，但也要明白就算是再好的朋友也不可能無時無刻的相伴，學會在累的時候抱抱自己，哭的時候哄哄自己，既然明白身邊不可能無時無刻有一個人陪著你寵著你，要學會自己疼自己。

　　一顆真心不見得能夠換到真心，所有付出不見得絕對都有回報，可貴的是，你仍然願意去相信。最後，享受孤單吧。你不必把太多的人請進你的生命，若他們走不進你的內心，只會把你的世界攪擾得擁擠不堪。而當沒有人鼓掌的時候，你必須替自己堅強。

語錄 27

低頭
Bend Down

　　有些人相處久了，你會發現他有問題，跟你想像中的不一樣，那時候，如果你很在乎一位朋友，那麼就不要害怕低頭。想想過去的溫暖回憶和珍貴片段。很多東西，失去了就沒有了，當你選擇強硬不回應，那麼失去的可能就是一個曾經很貼心的朋友。

　　不要忙著傷心自己看錯，畢竟，我們的人生都有許多打不開的死結，只有你自己能把它繫成一個花樣。而觀察一個人，不只是看他在心情好的時候怎麼對你；更要看在他心情不好的時候，還懂不懂得尊重你。如果他願意低頭拾起丟掉的幸福；那麼不見得是沒有原則，他只是更在乎你們的這段感情。

期盼

Expectation

　　有些陌生人會闖進你的人生，讓生命中多出無限的可能。一起作伴，一起轉彎什麼都不想錯過。原本期盼笑聲在生命的每個角落綻放，以為朋友之間就是永遠在身旁，可是卻不然。

　　人海茫茫難免會各奔天涯的離開，你一定會難過，但這時候傷心無奈沒有太大的用途，不如閉上眼睛，走過回憶，等到睜開眼睛以後，找回失而復得的勇氣。因為真正的朋友，也許會能讓你偶爾覺得孤單，卻不孤獨。因為他並沒有離開，那分感動一直都在。不管今天或明天各奔東西，都要記下那些相聚的感受，收穫最美好的回憶。

知己

A Close Friend

　　知己和朋友最大的不同是，朋友不一定了解你，但知己是你可以信任的人，可以將自己內心的想要表達的想法流露出來，在一起就會有勇氣。朋友遇到問題的時候可能會勸你，但知己會陪著你，告訴你相信自己走過的路。有開心的事，你會找他一起，有傷心的淚，你不忌諱哭給他看，那就是知己。就算日子有些辛苦的時候，你想重新開始的時候，喜悅的時候，你都會找出那個給你勇氣的知己，靜靜陪在身旁一起，不用說話也沒有關係，因為他的存在，能夠分享情緒，讓你放心表現自己。

溫暖

Warm

　　真正的朋友，有時候是可以坦白誠實接近殘忍的。只是在很多時候，我們會忽略別人的感受，以自己的主觀意識去評價別人的表現。如果你對那個人不熟悉也就算了，就當打打嘴砲沒什麼大不了；但當他是你的朋友，私下向你取暖的時候，需要的只是一句安慰，並不是你比他強。這個道理是我們常常需要注意，卻總是忽略的事情。茫茫人海，人總是擦肩而過，朋友之間來來去去，緣起緣滅。你的朋友也許寬宏大量，但也需要你付出的溫暖。

TURBO

夢想
×
Dream

對話時間
如果夢想很遙遠怎麼辦？

對話時間
迷惘的時候怎麼辦？

坦途

On the Road

　　生活難免有陰影，事情也許會比想像中的難搞，但對自己在意的事情，別隨便放棄，留點力氣堅定自己的夢想。所謂夢想，存在的意義不是在於能打敗多少人、克服多少阻礙，而是你在面對困境的時候，是不是依然對自己的信念不輕言辜負；逆著光，依然看見更明亮的遠方；彎的路，也預見更寬廣的坦途。

　　正因為經歷重重磨難仍不輕言放棄，夢想的出口才更顯得珍貴。可是，這個出口永遠不會自動的出現，需要一點熱血的勇氣做出改變才會逐漸清晰。既然如此，就不要再躲起來傷心欲絕了，相信自己，抖抖身上的塵埃繼續前行，日子總會在轉角遇見希望。

同行

To Be With

　　當我們花了絕大的時間精力追尋自己的夢想，會發現它比想像中的沉重，也許要付出源源不絕的金錢、精力和時間，才能稍微摸到一點夢想的輪廓。這條追求的路上不可能順風順水，而所有的放手一搏，就為了換未來一句沒有後悔。

　　有些人總在正式付出前信誓旦旦的保證：「為了夢想，付出一切在所不惜！」一旦需要真正付出的時候，就變成幾句口號。憧憬固然美好，但執行才是一種考驗，倘若真的有心，即使不能貢獻翅膀，只要願意一起並肩同行，誠懇的過好每一天，夢想的道路依然可以很精采。

渺小

Small

　　不要擔心自己的夢想太過渺小，夢想不需要大鳴大放。理想的生活，不見得是賺很多錢、被很多人認識；有一種理想生活的方式，是有能力跟幾個朋友隨處走走，讓家人吃得健康、安全，偶爾寵愛自己。

　　如果你要的並不多，生活中發現的小小點滴，一壺濃濃的茶，一首輕快愉悅的歌，就足以讓你開心微笑一整天；那反而就更應該守護那分微小卻堅定的幸福。不要用別人的標準決定人生的方向，真正的夢想是找到一種不讓自己後悔的生活方式，再把它過得很滿足和精采。

美好

Beautiful

　　世界上最美好的東西都是免費的，無論是擁抱、微笑、朋友、親吻、你的家人、愛還有溫暖的回憶，都是免費的。這些美好大多是一種經歷，不見得能夠留得住；既然如此，享受每一個當下，就是一種擁有。也許有時候，當你和經歷美好的人關係改變了，那些美好變得不願回憶，你會想要遺忘那些不快樂的經歷。

　　可是，忘記和記得若是可以隨心所欲的選擇，願意記得的人最幸福。記得經歷的喜悅，也看得見些許過往的傷心回憶，組合在一起才是最完整的感情。在你有能力的時候，過著自己想要得生活，做一個多年以後有許多美好回憶的人吧。

崩塌

Fall Apart

　　人生的隧道可能會在沒有意料到的地方，突然崩塌，但只要這次的挫折沒有擊垮你，只要堅持住，就可以有希望的活著。就算不會飛，但只要願意走，人生同樣可以很精采。夢想也一樣，即便沒有什麼太偉大的志向，願意誠懇的過好每一天，也一樣可貴！

　　很多時候，煩惱是自己想像出來的，忘掉那些不可能的藉口，堅持一個小小的可能。這條路也許沿途艱辛，甚至偶爾孤獨，但心情煩躁時，請泡一壺濃濃的茶，聽一首輕快愉悅的歌，閉著眼睛回想那些讓你開心的人事物，梳理嶄新的未來。其實你沒有時間和特權懷疑自己。

執著

Stick to

　　掛在嘴邊的不一定最真實；放進心中的才是。如果你遇到困難想要放棄，不要急著說別無選擇，也許在下個路口你就會遇見希望。因為對夢想你應該要有一個執著的理由，你或許會問，為何別人總是得到，而你卻看不到遠方的希望？

　　其實，那些得到的人不是從未失去過，而是他們沒有執著失去，也沒有選擇放棄。生活就是這樣，你以為失去的可能正在來到，你以為得到的可能默默離開，把困難把你變得更好，而不是更苦澀。勇氣是一個人最大的貴人，你真的可以再堅定一點。

語錄 07

時間

Time

　　路是逼著走出來的，不推自己一把，就只能看別人愈走愈遠，自己永遠被現實壓得原地踏步。時間是最嚴格的老師，怎麼栽種就怎麼收穫。但很多人會把時間當作壓力，似乎到了以後如果做不到就應該結束。其實不然，人在不同時刻會有新的改變，新的想法。

　　時間是夢想的檢驗點，抵達以後，你會發現人生的路從來不是一條筆直走到底的路，我們常常會遇到需要轉彎的十字路口，過程中難免手足無措，但只要懂得應變，轉彎又何妨。

逃避

Escape

如果害怕聽到別人對你的酸言酸語,那麼請提醒自己,這個世界不是掌握在他們的嘴巴,而是掌握在能夠受得住批評和嘲笑,並且不斷往前走的人手中。那些最怕的東西應該突破,而不是逃避。

面對壓力最好的解決方式是,用行動來替你決定接下來的路,再三猶豫拖延只會不斷讓恐懼滋生。記得,你今天的成績是來自過往的累積,而明天的成功則仰仗你今天的努力。加油。按部就班的來,你才能克服遇到的問題,無論是課業上,還是工作上。

動力

Motivation

　　如果說生活沒有熱情燃燒殆盡的時候，那麼實在太過矯情。我們都想過放棄，也怨過周遭的人，但最後堅持下來，是因為找到動力告訴自己，既然別人可以在更惡劣的環境都做到了，那為什麼我不可以？實際上沒有人天生很會說話，也沒有人一出生就有能力，而一個真正有本事的人，不會埋怨自己為何不是富二代，反而會努力的想成為開創成功。從堅毅、忍耐到看淡得失都是糾結。

　　熱情就好像一顆電池，時間久了會沒電，有時候絕對會需要別人的鼓勵和肯定，可是真正維持動力的辦法，不是源自於別人的肯定，而是先學會肯定自己，相信自己的所作所為，享受解決問題的過程。走過以後，才會發現只要肯堅持下去，自己內心深處的某些東西，遠比任何想像的困難都要強大。

語錄 10

追尋

Pursue

　　追尋的時候總會覺得自己似乎浪費了很多時間。其實沒有哪段經歷是浪費時間的。如果它沒有給你想要的，那它絕對教會你什麼是你不想要的。每個人都有質疑自己和被質疑的時候，可是與其浪費太多時間傷心自責為何被質疑，不如活得更開心，推出更精采的作品。

　　對那些不喜歡你的人多說無益，無論處境多糟，只要對得起自己，持續為自己堅持打拚，設定目標一步步往前進，生命的追尋不是一場競賽，我們都該試著走自己選擇的路，而不是選一條好走的路。所以在旅途中，面對那些酸言酸語，學著一笑而過吧，你的夢想會在寬容中茁壯。

佩諭

有時候我會覺得……自己的夢想很遙遠，好像永遠都做不到。

冒牌生

真的嗎？那實在是恭喜你耶！

佩諭

恭喜什麼啦！很尷尬啊！

冒牌生

不會啊，當你會開始感慨夢想太過遙遠的時候真的是一件好事。

宇晨

真的嗎？高中的時候，我有一次考餐旅服務的證照，結果全班一半的人都考過了，連佩諭都過了，可是沒過！

佩諭

什麼意思啊，我很認真耶，哪像你平常都不讀書。哈哈。

冒牌生

後來呢？你考過了嗎？

宇晨

第二次還是沒過，我當時也覺得夢想好遙遠，我
到底哪裡出問題，為什麼就是考不過。

冒牌生

你看，當你發現夢想很遙遠的時候，就代表你們開始
發現問題，懂得檢視自己，跟自己對話，進而了解到
什麼是自己真正想要的，也唯有具備這種能力的人，
才得以成長。

宇晨

這樣聽起來感覺好多了。

佩諭

可是，有時候我們會聽到其他人說自己變了，尤
其是以前沒有聯絡的朋友，

宇晨

對！我之前就遇過！我被說，你變了，不像以前
了，好像我耍大牌，還是做了什麼對不起他的事
情。

冒牌生

「變了」不見得是壞事，因為某種程度那代表你逐漸清楚自己的責任，面對社會、現實、經濟的狀況，勇於擔起工作和責任遇到的壓力。

佩諭

可是，我很不喜歡被朋友說變了。

冒牌生

人一定會改變的，如果過了那麼久都還一樣，反而代表都沒有成長。所以改變甚至放棄一些過去的理想，不是一件糟糕的事情。

宇晨

真的嗎？可是，大家不是常說莫忘初衷？像海賊王的魯夫那樣，他也都沒有變耶。

冒牌生

是嗎，莫忘初衷是在提醒我們不要忘記自己一開始想要的，而不是教我們一直不要改變吧。

佩諭

好像是這樣，因為很多時候試過了一種辦法，發現失敗了，我還是不想放棄自己一開始的夢想，後來再換另一個辦法去嘗試，換一個辦法的時候就必須改變。

冒牌生

我曾有個朋友說他想當海賊王的魯夫，任何其他的夢想都不要。不要當水手、船長、海巡署，任何跟海相關的他都不要，就是要當「海賊王的魯夫」。

宇晨

為什麼啊？

冒牌生

我也不知道，只能怪我當年給他看了太多海賊王的漫畫了吧。

佩諭

後來呢？他還是想當魯夫嗎？

冒牌生

天曉得，現在我們都快三十歲了，如果他現在還跟當年一樣，光是沒有「理財觀念」又「常不顧場合的講話」都很難讓他在現實世界生存了吧。

宇晨

也對，海賊王都連載十幾年了，魯夫還沒走完偉大航道的一半，大祕寶連個影子都還沒看到。

冒牌生

所以你看，夢想真的很遙遠，在偉大航道的路上，很

多人都覺得要一路不回頭才是酷，但就連魯夫那麼酷的人都懂得找娜美做導航，當理財顧問，對很多以前他的老朋友來說，也可能也「變了」吧。

佩諭

哈哈哈，真的！我覺得沒有那麼難過了。夢想很遙遠很難做到，如果不想忘記初衷，就必須懂得改變，有時候你的改變不見得會被別人認同，但就要看你認為改變值不值得了，可是如果選擇停止不變，就永遠沒有辦法做到了。

宇晨

真的！佩諭講得好熱血！

冒牌生

是啊，最後還是要提醒你們，如果覺得夢想很遙遠，那麼讓它跟你更接近的辦法只有兩個，一個是努力，一個是堅持。

💬 從 Messenger 送出

陪伴

Fellows

　　有時候你會跌倒，只要相信你還在這條路上，你的朋友有一天會把你扶起來，繼續往前走。你的夢沒有破碎，或許是因為太過耀眼和幸運，引來了諸多揣測和懷疑，但一個人真正價值決定於他的品質，不是流言蜚語；任何批評指教都比不過你的作品來得有說服力。

　　面對歲月的流逝，這些衝突顯得無關緊要。重整旗鼓，證明自己最核心的價值吧。有多少得，就有多少失；潛伏的愈深，躍起的愈高。面對不斷的批評，請始終昂首闊步，用你的作品說話，才能海闊天空。

初衷

In the Beginning

　　沒有人能夠始終如一，你的努力和上進就是一種改變。有些人看到這些，會認為你不一樣了，甚至評價你過於狂妄，但努力和上進，不是為了做給別人看，是為了不辜負自己。真正懂你的人，不會因為那些有的、沒的否定你，只要不要忘記自己的選擇，還有該走的方向，就算一路上會遇到不理解的人，讓你沮喪失望，但夢想和生活都是你選擇的路，勇敢跨向那個邁不過去的門檻吧，堅持從來不是永不動搖，而是在猶豫、退縮的狀況中，依然不忘初衷，繼續往前走。

挫折

Setback

人生難免會遇到挫折和質疑，但是否要放棄的權利，全是你的選擇。我們每一個人都不該因為一時的氣餒選擇逃避。看看那些鼓勵你的人，那讓你知道自己並不孤單。尋夢的旅途中，我們會得到也會失去，但不要為失去的而後悔，因為我們曾經擁有過，曾經奮鬥過，試著收起悲傷的行囊，帶上信心和勇氣才能找到更多更美的風景。失去不可怕，可怕的是喪失繼續的勇氣。不管怎樣，回頭看看這分堅持，為自己至今的堅持而驕傲吧。你得到的絕對比失去還多。

誘惑

Temptation

　　生活是現實與理想的拉距，每個人都有選擇的權利，但每個人也要為自己的決定承擔接下來的責任。當你面對誘惑的時候，記得告訴自己很多事情不可能一氣呵成，總會需要時間和經驗的累積才能實踐。任何看似一帆風順的人生，背後都有你不知道的過程沒什麼好羨慕的。有些路不好走，也不見得能夠成功，但寧可趁著年輕勇於嘗試，也不願年老後悔自己什麼也沒做。無論走了以後是否如自己所願，但他告訴自己，出發後得到的一定比失去的多。

價值

Value

　　當你的年歲漸長，會發現夢想不再像小時候那樣輕盈，它很美，美得就像一朵美麗卻又充滿荊棘的玫瑰，有時候你被迫著學習用雙手掂量生活，被現實的重量搞得迷惘，忘記花朵和果實的孰輕孰重。

　　其實這才是夢想真正的模樣，這朵花看似輕盈，實際上卻很重，它用重量考驗人們到底有沒有真正扛起的力氣，而那分力氣取決於在迷惘的時候是否依然相信一路以來的堅持。沒有人可以代替你的手除去花上的刺，唯有只有願意付出和冒著受傷風險的人，才懂得欣賞它最美的瞬間。

經營

Manage

　　夢想的難題在於經營，它不會像想像中那麼順利，雖然清楚明瞭，卻又害怕受傷。可是若真的有義無反顧的決心，那麼你根本不會去思考是否會傷得很重。因為你會知道，就算失敗也沒有關係。因為關鍵從來不在於開始的美好，而是接下來面對問題的時候有多少智慧處理。

　　當你糾結自己會不會犯錯，經營以後值不值得是最浪費時間，最不值得的事情。最後也許你的掌聲不夠，但與其思考那些還沒發生的問題，不如告訴自己瀟灑一點，痛痛快快的去執行，就算受傷那又怎樣，因為努力過付出過才是最重要的。

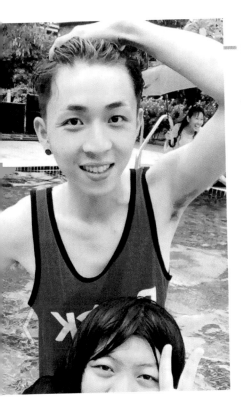

定義
Definition

　　關於夢想，定義不是來自於其他人，每個人都可以透過挫折逐步邁向成熟，然而面對挫折，有時候，我們必須自己走；有些問題，必須自己扛起。不必抱怨，自己挺住，意味着一切！我們常在糟糕的情緒中萎靡，卻忘了在受挫的過程中學著強大。

　　誰的人生不都經歷過諸多痛苦、艱辛和糟糕，但人生不可能一蹶不振。只要度過那段日子，任何痛苦都會成為生命中的養分。因此，好好熬過最困難的時候吧，你會發現：「熬不是死撐活賴，而是為了更好的蛹化成蝶。」來自夢想，最棒的肯定就是在於多年以後，你告訴自己，努力過後沒有遺憾。

懂了

Find out

　　每個人都會遇到進退兩難的抉擇，明明喜歡想多學習，卻不見得喜歡工作性質。很多時候明明很清楚瞭解對尚未進行的事產生畏懼感是不對的，可是想挑戰又怕實力不足。我們面對機遇都希望自己可以毫不猶豫、不會徬徨，以至最終決戰可以昂首挺胸、傲然以對；偏偏現實卻很難如願。

　　其實，人生沒有那麼難懂。在你做出決定前，應該思考自己到底想要的是什麼？是要解決經濟狀況的窘境，還是執行自己想要做的事情完成自己的理想？因為釐清之後再認真上路，理想才有可能在過程中完整。

專注

Concentrate

　　關於夢想，最糟的不是失去，而是太害怕追尋失去不願面對自己內心最真的渴望。不管怎麼做，如果一個心中有夢想的人，那麼多半會了解他人怎麼看，不屑、祝福、看不慣。如果你失敗了，他們會說「看吧，早有預期。」若是成功，他們也有話說：「真棒，我就知道你做得到。」

　　每個人都在追尋幸福和自由，而對我來說，自由定義是「做自己喜歡的事」，真正的幸福是「喜歡自己做的事」。那麼，如果你也這麼認為，就吐完怨氣，繼續專注你想做的事情，這才是勇於做夢、敢於堅持的真正意義。

背叛
Betray

　　隻身在外，我們都被背叛過，但最無助的是還得假裝一切都好，就怕關心你的人擔心。可是你的人生不會因此完蛋，反而經歷那段不能如願的日子，可以調整成更好的狀態，更快的面對環境，適應不同狀況。

　　我們有能力選擇用怎樣的態度對待未來的每一次改變。如果因為幾次磨難就放棄一顆積極進取的心，人生才是真的完蛋。既然你不滿意現在的結果，接下來可以讓自己沒有遺憾。也許這不是你想要的狀況，但在縱觀現實因素的考量，這就是此時此刻所得到的，接受以後，用心經營接下來的人生吧，經歷風雨洗禮後日子會更燦爛的。

佩諭

我好迷惘……

宇晨

你在迷惘什麼？

佩諭

迷惘很多啊，尤其是對未來覺得很迷惘。不知道該怎麼辦才好。

宇晨

如果是這樣，我也很迷惘，有時候我會想以後到底要做什麼？跟你一起拍影片能拍多久，以後好像還是找一個實際的工作，像是餐旅服務業，端盤子、當領班，好像比較好。

佩諭

你看你至少知道以後想要去餐廳端盤子，我根本不知道該做什麼，那才迷惘。

冒牌生

唉，其實大家都很迷惘啊。

佩諭

哪有⋯像宇晨就知道自己以後要做什麼，不像我
一直舉棋不定⋯⋯不知道到底要繼續拍影片還
是讀書。好像真的不讀書拍影片就好，可是又覺
得好像不應該，到底該怎麼辦？

　　　　　冒牌生

　　　　你刷刷看你的 FB 動態，是不是很多人是迷惘的，尤其
　　　　是當你要考試的時候，當你要換工作的時候，當你想
　　　　要出國打工旅行的時候⋯⋯

宇晨

真的耶！好像真的是這樣，那該怎麼辦？

佩諭

而且有時候迷惘就算了，還會讓人變得很情緒
化，脾氣變差，又很敏感脆弱。

宇晨

啊！怪不得你最近常常兇我。

佩諭

討厭啦，你根本不懂我的心情。

　　　　　冒牌生

　　　　我常這樣，那時候都會躲起來不見人，不工作，不理

朋友，告訴大家最近狀態不好，別找我。後來有一次
雜誌的截稿日根本寫不出來。

佩諭
後來呢，你怎麼辦？

冒牌生
我本來以為睡一覺，就會突然有靈感，結果童話都是
騙人的，睡一覺，然後有小精靈幫你搞定一切事情，
根本不會發生。

宇晨
哈哈哈，好白癡，本來就不會發生。結果呢？你
交出稿子了嗎？

冒牌生
後來我灌咖啡憋到凌晨四、五點，好不容易把稿子交
出來以後，第二天早上假裝什麼都沒發生過，就假裝
很輕描淡寫的問編輯怎麼樣？

佩諭
編輯有很滿意你的文章嗎？

冒牌生
才沒有，他就很婉轉的說希望能夠稍作修改，我也輕
描淡寫的點點頭，說沒問題。結果還是灌咖啡到三更
半夜，第二天再假裝毫不費力的交稿。

宇晨

這次編輯比較滿意了吧？

　　冒牌生

　　我記得她說，比較符合想法了，可是……聽到這裡，我心都涼了。

宇晨

你為什麼不跟編輯說呢？

　　冒牌生

　　說什麼？怎麼說得出口，我要怎麼解釋這麼爛的東西也是構思兩天才搞定的，我當下迷惘到了極點，認為自己沒有才能，沒有天分，到底該怎麼繼續寫下去！

佩諭

我懂！就好像我拍完短片以後，很多網友就會留言說，沒有以前好笑了。我也說不出口，以前拍片是興致，現在拍片變成有壓力，很多搞笑哏都要先寫下來再找人拍。我也沒有辦法對看我影片的人說，你們覺得不好笑，也是我拚命想出來的哏。

宇晨

怪不得你手機備忘錄裡面，有一大堆密密麻麻的搞笑對話。

冒牌生

是啊，我們每天都必須跟迷惘打交道，但那不是你生命中最重要的事。你必須學會誠實的接受，並且理解所有的事情都是經過萬般努力，才能做到看似毫不費力。

佩諭

唉，可是有時候就會很迷惘，希望自己可以做得更好，卻又做不到。

冒牌生

那就對了。你看，迷惘是因為你想走出一條更好的路，

宇晨

既然這樣，那為什麼心情會不好呢？

冒牌生

心情不好是因為在比較，你跟自己以前、現在比較，你怕自己做不到更好，可是你忘記了以前的你也是付出過才有收穫，過得也並不輕鬆。

佩諭

那到底該怎麼辦？我不想再迷惘了。

冒牌生

有時候，你必須認清楚自己現在的狀況，然後不要低

估自己的惰性。既然知道三天才能拍出一部拿得出手
的搞笑影片，那就要給自己三天的時間去準備，而不
是告訴自己一下就好。

宇晨

可是，如果給了三天時間，但還是做不好呢？

　　　　冒牌生

　　　　那你在原本的三天真的有盡最大的努力嗎？

宇晨

有！我們在那三天拍了很多照片和影片。

　　　　冒牌生

　　　　那就要告訴自己已經做了該做的事情，我們的作品決
　　　　定基本品質的是自己，但喜歡與否，好不好看，那是
　　　　觀眾的決定，當你已經認為這個作品達到你的標準了，
　　　　觀眾不喜歡也只能接受，然後再努力。

佩諭

我好像有一點懂了，做好自己該做的，問心無愧
就好。

　　　　冒牌生

　　　　是啊，迷惘不見得是什麼壞事，那代表著你有一個目
　　　　標去追尋，而且你知道前方不會一帆風順，所以覺得
　　　　脆弱、害怕。

佩諭
沒錯沒錯，我想讓自己變得更好，又怕自己做不到才會害怕。

冒牌生
對啊，想讓自己變得更好，就要學會用循序漸進的方式跟自己溝通，你會發現即便進步的很慢，但你依然在前進。

宇晨
而且佩諭你在怕什麼啦，我們這群朋友都會一直陪著你。

冒牌生
是啊，千萬別忘記這句話：「接受幫助不代表失敗，那不過是代表你並不孤單。」

💬 從 Messenger 送出

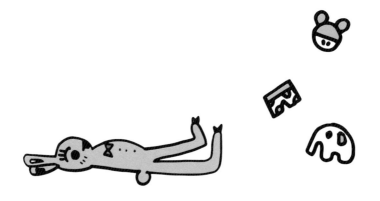

放手

Let go

　　人生路本是一段一段的，如同坐火車，你認識的所有人都是乘客，有些人只在你身邊坐一陣子，有些人會陪伴你坐到終點。對於夢想你可以堅持，但對於曾經陪在走在夢想路上的人，選擇離去你只能放手。還記得那些年的畢業時光嗎？也許你曾為畢業而感傷，但沒有為了畢業而停下前進的腳步。因為透過離別，你學會了一件事⋯只有勇敢拿起，放下；才能活得更自在和輕鬆。所以，請再勇敢一點吧，勇敢去愛，勇敢去恨；接下來，勇敢忘記，勇敢繼續。你會發現，解放自己最好的辦法，就是別往後看。

遙遠

Distance

　　當不知道要什麼的時候，是否是因為擁有得太多，進而害怕去為那分內心深處的渴望付出？尚未完成的夢想總是遙遠的，端看你是否有那分堅持與驕傲去讓自己的信念發光。

　　最初的夢，偶爾艱難，偶爾會受挫，只有少部分的人明白「付出」比「得到」更難得。當你覺得夢想太過遙遠的時候，或許也該認清手邊擁有的，然後重新制訂一個比較合乎現狀的計畫，再腳踏實地的去縮短夢想和限制之間的距離。你不是無能為力，只是你不願意。然而，當你開始走以後，距離絕對不是問題，再遠也不怕，只怕你不願邁開步伐。

接受

Accepted

　　人生充滿了高低起伏，無需抱怨，無需解釋；夢想之所以珍貴，就是在逆境中不忘堅持的那分信念。那些輕易得到的，不會長久。長長久久的，不會來得那麼容易。雖然說，任何值得擁有的東西都要經得起等待，但等待的過程也要擁有維持基本開銷的能力，不然只會讓路愈走愈窄，誰也撐不下去。

　　當一個人有能力時，的確可以挑選工作，但當今天連飯都吃不飽了，為了實現夢想，總得先從夢中醒來。機會從來都在，只是在它出現的時候，你捨不得放下自己握著的東西，沒有伸出手去抓住它。

現實

Reality

　　人偶爾需要走點彎路，在彎路裡可能會發現被忽視的近路，並收穫更多的風景。為什麼會逃避？畢竟在面對現實的時候，我們總在尋求突破，但走過一輪，最終還是要認清自己的優點，並將其發揚光大。

　　一個人經過時間的沉澱，足以變得日益成熟，會發現迷惘時總急著想突破，卻忘了最好的辦法是認清自己、自我療癒。經歷那些快樂和悲傷後，你會發現，走過的路沒有地圖努力的汗水不會白流，認清現實也就是一種突破。因為你的缺點不代表你的全部，珍惜你的優點，才能成就屬於自己的夢想高峰。

傷害

Hurt

　　面臨傷害、挫折的時候，到底該選擇放下還是對遺憾念念不忘？如果一味的只看自己失去的，那麼永遠也不會進步。當你失而復得的是東西、是夢想，那麼，也許有機會回到原來的樣子，但失而復得的感情不會。試著長大的過程難免遍體鱗傷，夢想會受傷，老天給你的不見得是你想像中的樣子，但透過那些傷害，你會發現學到：人生這條路，愈少簡單的喜歡，愈是長久；愈是平凡的陪伴，愈是溫暖。而所有的傷害都會在心底留下一點印記，造就更成熟的自己。

動搖

Shake

　　在你信念動搖的時候，如果總是自我設限，那麼什麼也做不到。不如試著相信自己的潛力，就算現在達不到，也可以適時的後退一步，看看到更廣闊的世界。人生就像一場球賽，即使九局下半，也依然有機會逆轉勝。

　　記住傷害，瞭解傷害，並不代表要活在痛苦的仇恨中，更不用因此否定人們善良的那一面。因為任何事都有可能迎向勝利或黯然失敗，但無論輸贏，奮鬥過的我們，了無遺憾！當你動搖的時候，請記得不要讓昨天的害怕，明天的不安，影響到你享受今天的陽光。

好事

Good deed

世上沒有無緣無故的恨，也沒有無緣無故的愛。人生路上的荊棘永遠不會結束，只要你在乎這條路最後可以找到幸福，就不要被自己想像出來的恐懼嚇得裹足不前。如果想得到滿意的答案，只有自己勇敢的爭取，不管路最後通向那邊，鼓起勇氣開始就是起點。

任何事到最後都是好事，放輕鬆吧，就算現在感到糟得無以復加，那只證明沒到最後。既然你選擇繼續前行，就不用回顧過往的身分，搖擺不定，只會讓自己無法在現階段已經選擇的新角色釋放璀璨的光芒。

答案
The Answer

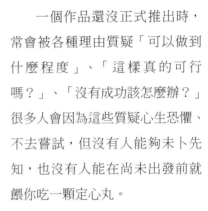

　　一個作品還沒正式推出時，常會被各種理由質疑「可以做到什麼程度」、「這樣真的可行嗎？」、「沒有成功該怎麼辦？」很多人會因為這些質疑心生恐懼、不去嘗試，但沒有人能夠未卜先知，也沒有人能在尚未出發前就餵你吃一顆定心丸。

　　未來屬於那些明知前途充滿荊棘，還能堅持走下去的勇者們，憑著耐心和勇氣走下去吧，生活自會給你解答。一個人的強大，不是看能做多少，而是看能承擔多少。而生命的意義，不是在尋找別人提出問題的解答，而是認真的做你在做的事。

解套

Solution

你總是反反覆覆，想找到解套卻又覺得無助。其實當你再度無奈的時候，告訴自己不是要挑戰什麼，達不到他人的期待難免會失落，但沒必要把問題複雜化；人的性格難免有矛盾，也因為這分矛盾和糾結，造就了人生的豐富與精采。

生命就是一場又一場的遇見，不管好的壞的，我們都必須收下，然後在這個不斷失去和得到的過程，珍惜每一刻的相處，在剎那間的時光中尋得永恆。很多的疑難雜症，別人無法給我們解答，必須自己去體會。人生無常，學著珍惜眼前的所有，才能在你驟然失去之後，少點遺憾。你尋找的所有答案，都不用在別人身上尋求解套。

成熟

Mature

　　人生有兩種境界，一種是痛而不言，另一種是笑而不語。不管怎麼選擇都沒有是非對錯，只有要不要接受。當你成熟以後，會發現人在無所本時，應當先做該做的事，再做想做的事。如果有所本，又沒有經濟的壓力，那麼當然可以選擇你想做的事情。

　　活給自己看的，只要問心無愧，就不用把別人評價看得太重，也不必太過計較，努力的過程，帶有一點小小的驕傲，會讓人更有依靠。把該走的路走完，再走想走的路；途中無論是該走的，還是想走的，勿忘你的堅持和底限。

TURBO

愛情
×
Love

語錄 01 ～ 10　　對話時間
　　　　　　　　　告白失敗了怎麼辦？

心動

Touch

　　遇到讓你心動的人，難免會期待擁有童話故事般的完美結局，可是生活不是童話，不可能永遠只停在公主王子從此以後過著幸福快樂的日子。心情最難熬的時候，就是心動以後該怎麼辦？可是不要覺得自己現在很難熬，因為更難熬的是你愛的人愛過你以後，最後卻不愛你。克服不安與最應該做的事情就是鼓起勇氣告白，即便結局不見得那麼樂觀，但也對得起自己還有付出的這分感情。最後要記得，給自己一點空間，給對方一點祝福，收拾心情。愛情最有價值的就是你的心動，療傷後，你會更懂得如何去愛一個人。

曖昧

Feel for You

　　曖昧是在接受一段新感情前必經的階段,那陣子會害怕擔心,苦澀難熬,就看另一個人是否願意付出更多的心力去維繫這段感情。可是,如果想得到幸福就不要去預設悲傷的結局。畢竟,如果不想在最絕望的時候放棄,就要花點心思思考該怎麼走下去。心意需要慢慢的累積,才能讓對方無法輕易抹去。

　　如果想得到幸福就必須好好的互相包容,而如果你有心去愛,那請有點擔當吧,承受她的好的壞的,而不是只想被愛。因為喜歡,是一種心情;愛,是一種感情。而成就一分感情,就需要願意去冒不被愛的風險。

告白
Say I Love You

　　有一種心情不是害怕告白，而是害怕告白以後連朋友也做不成。但說真的一個人喜不喜歡你，對你在不在意，有沒有心，你絕對清楚；只是聰明如你，習慣保護自己，怕自己受傷才感到迷惘害怕。其實感情有捨才有得。你願意微笑，才能得到友誼；你願意寬容，才能得到認同；你願意打開一顆心，對方才能走進來；無法勉強。

　　真正的愛，不見得是一見鍾情；有一種細水長流的愛，叫作日久生情；真正的緣分，不見得是老天安排，有一種心有靈犀的緣分，是彼此願意製作機會。而你能做的，就是保持三分理智，七分感性，讓你的感情細水長流。

害怕

Afraid

　　時間是這世上最絕情，也是最永恆的存在，我們都會害怕感情無法延續，害怕找不到對象。可是偶爾還是必須學會適當的獨處，才能變得更強大。感情需要觀察，觀察的時間要自己拿捏，不要輕易的把一顆心掏出去，不然傷的只是自己。與其為失去的感到苦惱，不如試著為曾經得到的微笑。

　　每個人的一生會遇見很多人，但肯定不會一帆風順。不管發生什麼，分開都是一種美好又酸楚的回憶。你無需太過介懷，也不用為過去感到不忿。走到最後，無非就是你在成長，別人也在成長。那些路過的人，學著一笑置之；那些值得守護的人，再讓它成為彼此一輩子的承諾。不要害怕，因為人生不是得到，就是學到。

等待
Waiting

　　最傻的愛是等待；最苦的愛是明知不可能還等待；最無奈的愛，是被拒絕以後還要留出希望來等待。雖然說，愛情有時候需要等待，但那是在雙方有共同目標，一起朝著一樣的方向努力的時候值得等待，而不是在一個人的自作多情的時候。

　　愛是最敏感的偵探，當你發覺一個人沒把你放在心上時，他就是沒把你放在心上；當你發覺一個人對你逐漸冷淡的時候，他就是對你逐漸冷淡；不是因為戀愛中的人擁有最準確的第六感，而是因為你關注著對方一絲一毫的細節，一點一滴的蛛絲馬跡。於是若你知道你的等待毫無意義，不如及早結束吧。

　　愛必須平等，如果這個人沒有時間陪你，請趕快把他從生命中移除，等到他主動來找你攀談才能展開平等的關係。

磨合
Blend in

　　一段感情能否走下去，不在於開始，在於磨合。如果不行了，如果不想要了，在尚且沒有太多拉扯的時候，不想要就不要，不必假裝一切都好。感情需要厚度，需要時間來沉澱。相愛不過一瞬間，但唯有在共同面對的問題多了，時間的累積，愛才有可能愈來愈深。

　　如果總是舉棋不定，不是沒想清楚，而是根本還沒那麼愛。因為若是真決定在一起，就不會老想著分開。總認為難以選擇只是代表愛得不夠。愛情需要自己做主。讓你開心快樂，那就繼續，讓你不安，那就要謹慎，因為說穿了，愛情最終的目標，是找一個讓你開心的人。

備胎

Backup

　　有一種人，會把伴侶當作避風港，如果你不想要成為他的避風港，那就必須開拓自己的世界，認識更多的人，活出自己的生活，而不是只替他遮風擋雨。因為你的所作所為，並不會因此被感謝。說得再實際一點，你被當作墊背了，好聽一點叫作避風港，難聽一點叫作備胎。你不需要心血來潮的溫柔。

　　付出值得被尊重，如果心不甘情不願，就不要委曲求全，存在過多的浪漫幻想最終受害的是你自己。因為一個人再怎麼好都沒有用，只要他願意對你好，才是真的。愛情，不要存活在別人的眼睛和嘴裡，你要自己去感受。因為愛在不同的年紀，有著不同的選擇。而在你最最需要奮鬥的年華，應該愛一個讓你有動力前進的，而不是精疲力盡的人。

心痛

Heartache

一段感情已經結束，只是心裡就是接受不了，在療癒的過程需要被安慰，但分開絕對是個艱難的決定，心痛只是用最簡單的兩個字囊括那種苦澀的百感交集。很多時候，在乎別人的愈多，反而讓自己更難受，你不完美，他也不完美；愛情沒有對錯，你的情緒不用被另一個人的情緒影響。

沮喪時，能做的也許杯水車薪，但趁著這個機會重新定位自己。既然回不去了，從現在開始寫出一個全然不同的結局吧。出去走走，想想開心的事情，看看笑話，溫暖你自己的心；讓下一段的戀情，用完美的眼光，欣賞每一個不完美的人。

珍惜

Hold Dear

也許你會想問，忘了珍惜一段感情，誠心道歉，卻不見得能夠得到原諒，還有什麼辦法能夠挽回？曾經分享過一句話：「不是每一句對不起，都能換來一句沒關係；也不是每一句我愛你，都能換來一句在一起。」

這就是在告訴你，感情的存在不是只有幸福和快樂，還有逆境和不安。誠心道歉以後，如果沒有改變什麼，你也做了你該做的事。最後只能告訴自己，不管是愛情、友情：都是你來，我必熱情相擁，你走，只能坦然放手。

語錄10

綻放

Shining

　　刻意去找的東西，往往是找不到的，萬物的來去都有他既定的
時間。那些不開心的事情，也許擱在心底會難過，但說出來就好了。
有些離別就像打噴嚏，雖然有預感，卻總是措手不及。你要努力讓
自己成為值得愛的人，其餘的就是緣分。有些事，只能當記憶，有
些人，只能是過客。學著接受現實，那是克服任何不幸的第一步，
如果想要快樂，就應該把生活跟目標相連，而不是把你的心情跟某
個人或某件事連在一起。如果想要快樂，就應該把生活跟目標相連，
而不是把你的心情跟某個人或某件事連在一起。因為在你生活四
周，真正關注你的就那麼寥寥數個。請不要為了盲目的等，錯過了
身旁真正在等你的人。你會再次綻放的。

佩諭

如果喜歡一個人想告白又怕失敗怎麼辦？

冒牌生

等一下，我比較有興趣的是你想跟誰告白？

佩諭

我是幫粉絲問的啦。

冒牌生

真的嗎？

佩諭

宇晨，你之前有告白然後失敗的經驗嗎？

宇晨

有啊，之前有個暗戀兩年的女生，她一開始有一個男友，後來分手後我就覺得自己的機會來了，每天關希望陪她走出來。她也知道我喜歡她，但後來還是跟男友復合了。

冒牌生

那你的那段戀情失敗了耶，你後來怎麼辦？

宇晨

一開始很生氣。

佩諭

有什麼好氣的啊，就失敗了啊，你就沒看到眼前
還有一個更好的 T__T

宇晨

我也不知道自己在氣什麼，總覺得在氣她為何要
給我希望，後來才覺得好像是自己想太多。

冒牌生

其實，很多時候被拒絕以後，我們不見得是氣對方，
因為理性的去想，他們也沒做錯什麼，反而是我們一
直鑽牛角尖，問自己為什麼被拒絕，那是一種討厭自
己被否定的感覺。

宇晨

對！但當時真的會一直鑽牛角尖。佩諭那你呢？
你有告白失敗的經驗嗎？

佩諭

沒有耶，但以前曾經有一次純純的愛，那個男生

的功課很好，長得是那種忠厚老實型的，很可愛，他坐在我旁邊，我每天最期待午睡的時候，因為就可以偷看他的臉。結果有一次男生突然張開眼睛，我還趕快把眼睛閉起來怕被發現。

宇晨

後來呢？你們有在一起嗎？

佩諭

不算有在一起，因為我搬家了，離開的時候還刻意讓全班寫紀念冊，其實是為了要留他的聯絡資料。

冒牌生

你們現在還有聯絡嗎？

佩諭

有一陣子沒有聯絡，直到後來拍了一部很醜的影片，我拿電風扇製造明星的感覺，其他朋友吐滿地的影片，他看到以後到我的 facebook 傳訊問：「你是我認識的江佩諭嗎？」雖然很不想承認，但還是承認了。

宇晨

所以你們後來沒有在一起？

佩諭

沒有（沮喪……）。

　　冒牌生

　　那你會後悔自己沒跟他說喜歡嗎？

佩諭

有一點。

　　冒牌生

　　其實愛情就是這樣，就算失敗也是一種學習，想要愛
　　就必須承擔不被愛的風險。

宇晨

可是後來沒有得到愛情怎麼辦？

佩諭

那宇晨你會後悔告白嗎？

宇晨

不會耶，至少我對得起那一段感情。

　　冒牌生

　　是啊，而且就算你們在一起，也不代表一輩子都會在
　　一起。

宇晨

好傷的一句話！

冒牌生

很傷但很真實，很少感情能一次就 OK，既然如此在你
10 幾歲的年紀就不用太過在意以後怎麼辦，想太多只
會變得裹足不前，不如大大方方的去感受，就算告白
失敗也沒關係，因為不管有沒有得到，都沒有對不起
自己的心，那才是最重要的。

儲存　｜　轉傳

📧 從 Messenger 送出

儲存　｜　轉傳

熱血
×
Passion

TURBO

語錄 01 ～ 10 ｜ 對話時間
如果努力以後不如預期怎麼辦？

自己
Self

　　習慣了討好別人的人，很容易對不起自己。在你想要達到面面俱到前，先思考是否對得起自己。身邊絕大數的人害怕拒絕，哪怕這個拒絕是好的。這是因為怕否定打破彼此穩定的關係，進而產生恐懼不安的情緒，但人生是個先打開再合攏的過程，如果已經敞開心體驗過幫助過，發現自己不想要不適合，當然要勇敢的說不。

　　一個人最好的時間有限，時常想做的事情被突然出現的人或事占據，最後只能把自己犧牲讓位。雖然說總有些人情世故需要維繫，但不是全部。不要當個濫好人，為你自己的理想和未來多點思量。不要去害怕改變，也不要害怕離開。當你確定了自己的原則之後，就不要一再的退讓，應該學會說不，學會作自己。

歸零

Zero

　　能做的也許杯水車薪，但絕對可以重新定位自己。在不曉得未來能發展到什麼程度，至少可以把自己能力所及的事情做好。有些東西雖然失去了，但你得到的收穫會超過失去的很多倍。我們需要那股不斷歸零的信念和勇氣。面臨挑戰，你的選擇是什麼？有一種是把問題歸責到大環境被現實壓得喘不過氣，另一種是選擇培養讓別人拿不走的奮鬥精神，歸零後再出發。

　　而當你以自己沒辦法解決問題，不要覺得自己不如人，遇到困難不要灰心，外面有再多的挑戰和困難，都要試著挖掘自己優點，保持一顆自信、樂觀的心，學會勇敢，學會承擔，才能因此成長。

前進
Go ahead

　　如果未來要繼續朝著想要的渴望前進，那勢必會有更多聲音，不管是好是壞，這時候請勇敢的微笑面對。也許你在過程中會失望沮喪，但終有一天，會領悟到，不是所有人都會看到或是在意你的努力，也許有人會用自己的想法去評斷你、批評你。但你必須告訴自己，問心無愧，只要對得起自己就好。路是自己選的，而在遇到困境，不是每個人都有勇氣選擇面對。有些人選擇逃避，有些人選擇自保，也有些人選擇留下來抗議；但逃避不會讓問題消失。也許在我們都願意選擇面對的時候，才足以有希望讓星火燎原。接下來，繼續勇敢、繼續朝著我的夢想前進，堅信不移！

支持

Support

夢想不全然只是用錢能解決的事，必須先有一顆付出和堅持的心，才能得到別人的鼓勵和支持。當你覺得得不到支持，面對疑惑，唯一的答案就是反問自己到底有多想要？人要經歷低潮，才能在遇到機會時，把內心深層的韌性和強悍都爆發出來。你的生活看似無力，其實充滿無限可能，絕對不要讓別人的幾句話，淹沒你內心真實的渴望。

當你渴望得到支持的時候，先別想那麼多，珍惜機會，把握機會，因為當你相信自己的潛力可以無限大，願意去嘗試的時候就不用害怕。最後你會發現，路是自己走出來的，跟他人是否支持並沒有太大的關係。

平凡

Ordinary

　　沒有漂亮的外表，沒有顯赫的背景，我們絕大多數人都是平凡的，而為了想證明自己的存在，就必須付出更多的努力去努力練習，其實你比自己想像中的有韌性，也沒有大人想像的脆弱。 對於內心的渴望也願意去付出、努力，那些辛苦的點點滴滴、努力付出，愛你的人都知道、都看在眼裡。而你也不應該因為負面的批評去忽略正面的力量。

　　沒有一個人可以討得所有人的歡心或支持，因為沒有人是天生完美的！你也許不是最棒的，但我可以是最努力的！我們可以經由批評的聲音，改進自己的缺點、補齊自己的不足卻沒必要因為一些無意義的尖銳，把自己刺得遍體鱗傷。而我們一直願意平凡卻深刻的努力著。

停滯
Standstill

　　有時候，你會覺得自己明明突破了一個困境，可是怎麼又冒出一個自己從沒想過的問題，距離夢想似乎變得更遙遠。在等待下次突破的停滯期，心中有股患得患失最難熬！而且已經嘗過一次甜頭以後，反而比剛開始尋找目標的那階段更容易灰心。

　　情緒總在失望和希望中搖擺不定，面對被設置重重關卡的人生，我們不斷被催促成長，卻又靜不下心來審視自己為何改變。其實，你要知道人生沒有滿分，但相對的擁有進步空間。停滯不前的時候，先看看自己至今走出來的路，也許停滯，不是因為前方沒有路了，只是該轉彎了。

快樂

Pleasure

　　小時候，快樂也許只是跟朋友在海邊踩踩沙灘；當我們漸漸長大，快樂變得廣泛，變成讀書出人頭地，或者是某個假日午後懶洋洋的待在家睡到自然醒；再大一點，出了社會，幸福快樂的定義也許又變成加薪升官大發財。在不同的年紀，幸福快樂有著不同的定義，但不變的是人們渴望獲得滿足的那顆心。

　　抱怨不是不可以，但人心的空間有限，差不多只有一個拳頭大小，裝了太多是非，就無法裝下快樂。不要忘記清空那些不愉快的是是非非，避免抱怨久了，就容納不了屬於自己的幸福快樂。

肯定

Affirm

　　我們總在尋找肯定，但不要因為沒有掌聲的肯定，就丟棄了自己的夢想。你自己的人生要選擇隨波逐流或是逆流而上，取決於你的態度。所以，不要告訴自己有多麼不可能。生活不是只有溫暖，人生的路不會永遠平坦，面對未知的夢想，光靠樂觀的信念是不夠的。

　　「夢想」這兩個字，單純就字義來看，不管是「夢」或者「想」都是很空泛的；夢想需要付出行動，唯有去實踐它，才能變成具體可見的藍圖。「敢於夢想，更要勇於實現。」不管結果是成功或是失敗，既然選擇了遠方，便只顧風雨兼程。畢竟，關於夢想這件事，潑冷水是旁人的自由，堅持下去才是你的人生。

開始

To Be Continue

　　所有的結束都是一種開始，你有時候會做一些讓自己後悔的事情，但任何人一路走來，都會有些只能往肚子裡吞的苦，不足為外人道。一個真正成功的人，不怕跌倒，因為他會從中學習再次爬起。有些挫折要自己扛，機會跟面子都是自己爭取的，爭取到了也不見得需要讓世界知道。即使滿身泥濘，也別沉溺眼前的陰影，否則只會更看不清下一步該怎麼走。你值得擁有改過的機會，而那些關心你的人，更在乎的是你如何爬起來。接下來，無論選擇什麼時候都要過得更好，不為別的，就為那些年你虧欠自己的。

茁壯
Grow Up

　　對很多人來說，自由是想做什麼就做什麼，就算慢慢發現人生不是這樣，很多東西無法理解，無法改變，無法決定，似乎只能卡在中間要前不後。能做的想做的卻無力的時候太多了，生活總有太多的煩惱，心情無法自由。這些都是我們會擔心害怕的狀況，但也就是因為那些狀況讓我們茁壯，遇到困難仍要靠自己，即便朋友再有能力，就算天生不如人也要認同自己，愛自己，找到自己的存在價值。唯有如此，才能找到我們最初相信的一路風景。面對自己，在風雨中茁壯，這就是青春。

宇晨

我考試考砸了，好沮喪……明明有努力可是成績卻不如預期。

佩諭

你考什麼？

宇晨

就那個上次失敗的證照，我考了兩次都沒過！

佩諭

你為什麼沒過啊？

宇晨

筆試我一次就過了，兩次都敗在術科，評審會隨機抽一張菜單，就要在時間內用正確的姿勢擺餐具，兩次都失敗。本來想說要下一次要好好拚的，可是……唉。

冒牌生

其實沒過可能是因為你每次都推給「下一次」的那種心態吧。

佩諭

怎麼會？下一次再努力不是應該的嗎？

        冒牌生

        距離上次考試失敗，宇晨你說下一次要更努力，後來堅持了多久？

宇晨

呃……大概三個禮拜不到吧（尷尬）。

佩諭

哈哈哈，我記得，後來我過了以後還找你出來玩，你說不行想讀書，可是沒多久你根本就忘記了。

        冒牌生

        不用覺得尷尬啦，至少你很誠實啦。機會不能總是交給下一次，應該是要尋找現在可以積極的做一點什麼，既然已經不如預期當下的狀況「接下來」該怎麼辦？比如說，如果考試考得不好，那麼就要去想接下來可以從目前得到的成績獲得什麼，做出什麼比較好的決定。

佩諭

那如果很傷心呢？

冒牌生

嗯，我們還是要留一點時間傷心難過，再想想「接下來」該如何面對。

佩諭

真的耶，宇晨你要去想接下來要怎麼解決，因為如果沒有考到證照就不能高中畢業了喔。

冒牌生

你打算怎麼做呢？

宇晨

既然這個不適合我，考了幾次都失敗，那我去考飲料調製的證照好了。

冒牌生

對，去想「接下來」自己想要的到底什麼，在校園、職場會遇到什麼挑戰。多問自己接下來做什麼，少把責任丟給下一次。努力才不會只變成一時的熱血。

⊟ 從 Messenger 送出

⊟ 備註：宇晨後來真的考到了飲料調製證照，一次 OK！

儲存 ｜ 轉傳

我不是中二，我只是青春
和朋友一起哭、一起笑、一起鬧的日子！

作　　者／冒牌生
合作演出／江佩諭、曾宇晨
封面設計／申朗創意
企畫選書人／賈俊國

總 編 輯／賈俊國
副總編輯／蘇士尹
行銷企畫／張莉榮‧廖可筠

發 行 人／何飛鵬
出　　版／布克文化出版事業部
　　　　　臺北市中山區民生東路二段 141 號 8 樓
　　　　　電話：(02)2500-7008　傳真：(02)2502-7676
　　　　　Email：sbooker.service@cite.com.tw
發　　行／英屬蓋曼群島商家庭傳媒股份有限公司城邦分公司
　　　　　臺北市中山區民生東路二段 141 號 2 樓
　　　　　書虫客服服務專線：(02)2500-7718；2500-7719
　　　　　24 小時傳真專線：(02)2500-1990；2500-1991
　　　　　劃撥帳號：19863813；戶名：書虫股份有限公司
　　　　　讀者服務信箱：service@readingclub.com.tw
香港發行所／城邦（香港）出版集團有限公司
　　　　　香港灣仔駱克道 193 號東超商業中心 1 樓
　　　　　電話：+852-2508-6231 傳真：+852-2578-9337
　　　　　Email：hkcite@biznetvigator.com
馬新發行所／城邦（馬新）出版集團 Cité (M) Sdn. Bhd.
　　　　　41, Jalan Radin Anum, Bandar Baru Sri Petaling,
　　　　　57000 Kuala Lumpur, Malaysia
　　　　　電話：+603- 9057-8822 傳真：+603- 9057-6622
　　　　　Email：cite@cite.com.my
印　　刷／韋懋實業有限公司
初　　版／2015 年（民 104）09 月
　　　　　2015 年（民 104）09 月初版 5 刷
售　　價／320 元

城邦讀書花園　布克文化
www.cite.com.tw　www.sbooker.com.tw